桜前線開架宣言

Born after 1970
現代短歌日本代表

山田航 編著

左右社

桜前線開架宣言

Born after 1970　現代短歌日本代表

目次

一九八〇年代生まれの歌人たち

一九九〇年代生まれの歌人たち

コラム

まえがき

困る。本当に困る。何にって、ぼくが根っからの文学青年だと思われることだ。知っていて当然かのように小説の話などを振られるのは困る。名作といわれている小説なんてろくに読んだことがない。映画も苦手だ。なんで二時間以上もあるんだ。ずっと一カ所に座っているのは嫌だ。漫画ですら長いものは読む気にならない。週刊少年ジャンプを生まれてこの方読んだことがない。みんなみんな、なんでそんなにたくさんの時間やページや言葉数を費やさないと、何かが伝えられないと思っているんだ。

ぼくが一番好きな芸術の形式は昔も今もずっと音楽だ。中高生の頃あたりはギターで作詞作曲に夢中だった。代表曲は『立方体』、『遠藤』、『思春期滑走路』など。『思春期滑走路』は「飛び出した人生の放課後に僕らが待ち望んでいたのは鳥籠のインコが喋ることでしたね」という歌詞だった。でも作曲もギターも自分より上手い人はいくらでもいたし、そのうちやる気を失っていった。褒められたのは唯一、「歌詞がヘン」と言われたことくらいだ（なぜか褒め言葉だと受け取ったのだ）。

文学なんて自分には縁遠いものだと思っていた。というか今も縁遠いと思う。でも短歌のリズムにはすっかりハマってしまったのだ。二十一歳くらいのときだった。教科書で読んで印象に残っていた寺山修司の歌集を手にとってみたことが全てのはじまりだった。なんだこれは。読んでいたら音楽が浮かんでくる。メロディに歌詞を乗せてゆくのと同じ感覚で読めるのだから、最高に楽しかった。自分の作ったメロディに複数のパターンの歌詞をはめてゆくとか、すでに歌詞のついた曲に全く違う歌詞を乗せてゆくといったことを、昔よくしていた。それと同じ感覚だった。

ぼくは本が嫌いなのではなくて、「物語」があるものが嫌いなだけなんだと気付いた。音楽と同じ感覚で楽しめる本も世界にはあって、短歌はまさにそれだった。ほどなくして俳句も現代詩も好きになっていった。

現代短歌に興味を持ったぼくは、とりあえずインターネットで調べてみた。すると京都大学の東郷雄二というフランス語の先生が自身のホームページで毎週ひとり現代歌人を紹介する「今週の短歌」というコンテンツを運営していた。そこでたくさんの現代歌人を知り、初めて知った人の歌集は図書館や書店で探してみた。松村正直も松野志保も黒瀬珂瀾も中澤系も「今週の短歌」で教えてもらった。同じ頃に、「歌葉新人賞」というウェブサイトだけで受け付ける短歌新人賞があった。穂村弘、加藤治郎、荻原裕幸と、気になっていた歌人ばかりが選考委員をしていた。そこに応募された作品の個性の強さには圧倒された。

大学を卒業して入った会社はクビ同然で退職することになってしまい地元の札幌に帰った。東京で職探しをしてみようにもうまくいかなかった。今の自分は何か目標を持たないとダメになっていくと感じたので、黎明期のニコニコ動画を視聴しまくろうとしていたが虚しくなってきたので止め、札幌中央図書館の短歌棚に置いてあった本を「あ」から順番に読みあさっていくことにした。もう短歌しか面白いと感じられるものがないくらいに心が死んでいた。しかも東郷先生の「今週の短歌」は更新を終了した（今は隔週化して復活している）ことが追い打ちになった。今まで東郷先生を参考にして新しい歌人と出会ってきたのに。もう自力で探すしかなくなってしまったじゃないか。

そしてぼくは自分で「今週の短歌」を書いてみることにした。生来の怠け者なので自分で書いて人目にさらすという行為をしないと読まなくなってしまうのだ。そうしてはてなダイアリーで開始したのが「現代歌人ファイル」だった。足かけ五年で二百人以上の歌人をレビューした。しばらく歌人の皆さんたちから「インターネットで短歌評を書いている正体不明の人物」扱いをされていたが、その五年の間に一応は名前を言えばわかってもらうくらいになれた。とにかく歌集を手にとってみては、感想を書いてみる日々。それは充実したものだった。

しかしぼくは大きな勘違いを一つしていた。寺山修司から短歌に入ったぼくは、歌集というものをヤングアダルト、つまり若者向けの書籍だと思い込んでいたのだ。短歌が世間では高齢者の趣味だと思われていたなんてかけらも知らなかったし、実状をそれなりに知った今でも心のどこかで信じられない。どうせなら、ぼくと同じ勘違いを、これから短歌を読もうとする人みんなすればいいと思う。みんなですれば、もう勘違いじゃなくて事実だ。

ぼくは短歌のおかげで大人にならなくて済んだから、今はとても楽しいです。

一九七〇年代生まれの歌人たち

大松達知
「がんばれ受験生」も消す

おおまつ・たつはる　一九七〇年東京都文京区生まれ。上智大学外国語学部英語学科卒業。一九九〇年、「コスモス」入会。二〇〇八年より「コスモス」選者。二〇一四年、第四歌集『ゆりかごのうた』で第十九回若山牧水賞受賞。

　現代短歌の中には「ただごと歌」と称されるジャンルがあって、特に何ということもない当たり前のことを短歌にしてしまうというものである。奥村晃作という一九三六年生まれの歌人が主な標榜者で、橘曙覧など江戸時代に生きた歌人たちの伝統を受け継いだものと主張している。では実際に奥村がどういう短歌を作っているのかといえば、〈中年のハゲの男が立ち上がり大太鼓打つ体力で打つ（『鬱と空』）〉など、身も蓋もない詠みぶりのためにかえってファンキーになってしまっている代物である。本当に近世和歌の衣鉢を継ぐものなのかはともかくとして、面白いのは確かだ。

　この奥村晃作の「ただごと歌」精神の正当な後継者といえるのが、この大松達知である。もともと高校の先生と教え子として出会ったそうだ。「だから何だよ！」と力をこめて突っ込んでしまいそうな歌が得意だ。「だから何？」と「だから何だよ！」の違いはとても大きい。他者を力ませてしまうパワーは、ファンキーな感覚なしでは生みだせない。

〈二十一世紀を考へる会〉本日の議題その一、名称
変更　『フリカティブ』

なにゆゑかひとりで池を五周する人あり算数の入試
問題に　『アスタリスク』

誤植あり。中野駅徒歩十二年。それでいいかもしれ
ないけれど

　こういう思わず笑ってしまう歌がいっぱいあって、そのユーモアも大松の魅力なのだが、ユーモアの背後には明確な思想がある。着眼点から歌の内容に至るまでまるっきり無駄なことばかりで構成された歌を読む

ほどに、出来る限り能率的な日常を送ろうとしている心のパサパサ具合が浮かび上がって来る。この無駄で何の役にも立たない部分が、心にじわじわと染みてきて不思議な余韻として体内に残り続けるのだ。

大松の歌には〈　〉（山括弧）を使ったものが異様に多い。それはある言葉の「多義性」を表明したいときに使う記号だ。〈二十一世紀を考へる会〉は単なる会の名称ではなくて、一言では言い表せない複雑さが籠められている。英語教員である大松は英語をはじめ、中国語や韓国語や、多種多様な言語と比較して日本語を捉えようとする傾向がある。それが言葉遊び的な方面に進んだときにはユーモアの歌に転化するが、言語から社会のリアルをえぐり出そうと試みた歌も多い。はっとさせるシリアスさが垣間見えて、短歌を通じて比較言語学を表明しようとしているかのようだ。

a penがthe penになる瞬間に愛が生まれる　さういふことさ　『フリカティブ』

日本の歌を知るといふジル一家に歓待されき〈君が代〉をもて　『スクールナイト』

前述の通り大松の本職は英語教員であり、学校を舞台とした歌が多い。教師も生徒も親もみな個性を放つ学校は、「他者」が集積された特殊空間だ。学校を通じて「他者」と格闘しようとするのが大松の職場詠の特徴だろう。

入試前日机のいたづら書きを消す「歓迎」も「がんばれ受験生」も消す　『スクールナイト』

「どうしても京大に行く。その他に母と離れる方法はない。」　『アスタリスク』

できない子はこれができない教科書をノートにそのまま写す〈写経〉が　『ゆりかごのうた』

大松達知の短歌は「洒脱」という語がふさわしい。そして洒脱さの裏側には、決して混じり合えない「他者」に対しての視線が貼り付いている。生徒も、言語も、あるいは家族ですらもときに「他者」なのだ。

大松達知

われは大人になりて入れぬところありたとへば学園祭のジェンカ

眺めつつあゆめばすずし白き衣の太極拳の手足のゆらぎ

街灯の真下通れりわが影がわれに追ひつき追ひ越すところ

ナンパしてみたいけれどもナンパゆるすをんなとは口をききたくもなし

かへりみちひとりラーメン食ふことをたのしみとして君とわかれき

バレーボール知らぬバレー部顧問われすなはち象徴天皇のさびしさ

〈いい山田〉〈わるい山田〉と呼びわける二組・五組のふたりの山田

〈二十一世紀を考へる会〉本日の議題その一、名称変更

みづからは触れ合はすなきテディベアの両手の間《あひ》の一生《ひとよ》の虚空

予備校のポスターに〈本土国立大学進学〉とあり沖縄一九九七年

成績に順位をつけて並べ替へ《ソート》せりときに得点の低い順から

社長・脳氏が酔ひて寝しのち部下・肝氏腎氏ふたりの残業つづく

生徒の名あまた呼びたるいちにちを終りて闇に妻の名を呼ぶ

a penがthe penになる瞬間に愛が生まれる　さういふことさ

『フリカティブ』

大松達知

『スクールナイト』

フォーマットほぼ完了といふやうな結婚三年目のふろ掃除

窓掃除業者がわれに放水すもちろん窓を隔ててゐるが

サッカーに逃れてゆきし少年よ教室・校庭ともに檻なれど

賞味期限・消費期限のいとはしき冷蔵庫内だいこんズドーン

成績を上げます。がんばります。と書く賀状さみしも名を見ればなほ

大いなる譲歩のあらん耳ピアスやめて臍ピアスのみする生徒

日本の歌を知るといふジルー家に歓待されき〈君が代〉をもて

アメリカに移り住むといふ選択肢まだあり青春の余白にも似て

入試前日机のいたづら書きを消す「歓迎」も「がんばれ受験生」も消す

つれづれに読む広辞苑〈原子力発電〉のつぎに〈原始林〉あり

サッカーを観たくて人を直立にしたりと神が言ふのを聞けり

東大に進みてゆきし生徒来て暫定王者とみづからを言ひき

東京は生まれぐにゆゑ住むにあらず選びたるとはすこしたがへど

「戻る」ボタン押して戻れり前世《ぜんせい》に、否、五秒ほど前のむかしに

大松達知

車中にて親指メールする人よ人を思ふとき人はうつくし

receipt《レシート》の中のpなどどうでもよしどうでもよくて一点減らす

パソコンの〈ごみ箱〉に棲むテトリスをときをり呼びてまひるま遊ぶ

ジャイアンツファンのやうにて恥づかしよソメイヨシノにばかり集ひて

五階から紙ヒコーキが飛ばされていまだ犯行声明あらず

なにゆゑかひとりで池を五周する人あり算数の入試問題に

「なりたり」と書けばパソコンに言はれたり〈～たりは繰り返して使います〉

〈懐かしの〉といふ惹句で永遠のわが青春が売られてをりぬ

発明者二人の妻のそれぞれの名前をつけて〈サラ・アン〉ラップ

誤植あり。中野駅徒歩十二年。それでいいかもしれないけれど

東京にうまれて生きて訛りなし訛りなければ母語なきごとし

学校は工場である　量産であるがすべては手作りである

男ゆゑ男への恋が実らずと高校生が保健室で泣く

満員のスタジアムにてわれは思ふ三万といふ自殺者の数

『アスタリスク』

大松達知

東大に入る頭脳を持ちながらひとりを指して〈死ね〉と言ふなり

誤答なる選択肢③「日本は老人を減らさねばならない。」

一生を終へたことなきわたくしが英語は一生役立つと説く

「どうしても京大に行く。その他に母と離れる方法はない。」

手をつなぐためにたがひに半歩ほど離れたりけりけふの夫婦は

シマウマの真似せよかしと命じればからだくねらす十三歳は

映画館ひとつもあらずパチンコ店六つあると聞き屋久島を出る

グーグルに祖父の名前も初恋の人の名前も出て来ないんだ

できない子はこれができない教科書をノートにそのまま写す〈写経〉が

〈ゆりかごのうた〉をうたへばよく眠る白秋系の歌人のむすめ

おまへを揺らしながらおまへの歌を作るおまへにひとりだけの男親

テーブルの上に広げた新聞をひきおろしざまに落下する吾子

イヤフォンが外れてゐると気づかずにしづかな朝を味はつてゐた

ベビーカーをりをり止めて顔を見る生きてゐるわれが生きてゐる子の

『ゆりかごのうた』

中澤系

理解できない人は下がって

なかざわ・けい　一九七〇年神奈川県生まれ。本名、中澤圭佐。早稲田大学第一文学部哲学科卒業。一九九七年、「未来」に入会し、岡井隆に師事。一九九八年、未来賞受賞。二〇〇三年より闘病生活に入り、二〇〇九年に没。歌集に『uta 0001.txt』（新刻版二〇一五年）。

ぼくたちはこわれてしまったぼくたちはこわれてしまったぼくたちはこわ

これは歌集ラストの一首である。モニターがプツンと途切れるような強烈なイメージとともに、中澤系の最初にして最後の歌集『uta 0001.txt』は終わる。あまりのあっけなさに、ぼくは真空へ放り出されたような気分になった。この歌は作者自身がフィナーレを飾る一首にすると定めたものではないかもしれない。なぜなら中澤系は副腎白質ジストロフィーという進行性の難病に冒され、自分の意志すら表明できない状態だったからだ。歌集は彼の所属した「未来」短歌会の有志によって編まれたものだった。

銀色に輝く表紙の『uta 0001.txt』をぼくは通販で購入した。世間に出回っていた本のうちではほぼ最後の一冊だったのかもしれない。描かれている世界は、確かにメタリックでディストピアSF的だ。鋭く、冷たく、切ない。社会というシステムの網の目に絡め取られてしまった個人の悲劇が、幾度も幾度もリピートされる。

3番線快速電車が通過します理解できない人は下がって

かみくだくこと解釈はゆっくりと唾液まみれにされていくんだ

刃のようにぎらついた焦燥感に、ぼくは夢中でページをめくった。一九九八年から二〇〇一年にかけてということは、ぼくがインターネットを使い始めた頃に詠まれた歌だ。デジタル化する世界のシステムのなかで、ぼくたちは、自らの身を守るために、生きてゆくために、思考停止を強いられている。中澤系が描いている風景は未来都市でも何でもない。いたって一般的な、日本の大都市の風景だ。プラットフォーム。駅前のティッシュ配り。どこにでもある風景だ。そこから思考停止の浸蝕ははじまっている。傷つかない方法は考えないこと。心の痛覚を殺していかなければならない。そんな世界が永遠に続く。永遠にだ。

しかし中澤系は思考停止を拒んだ。かといって被害者意識にまみれて世界を攻撃することもできなかった。果てのないディストピアが生まれたことを誰のせいにすることもできなかった。彼は「終わりなき世界」を脱却するための鍵として、終わりを運命づけられた定型詩を求めた。にもかかわらず最後は、自己崩壊によってしか自己救済が得られなくなった。中枢部の見えないシステム世界の人工衛星を、言葉を使ってひたすらに睨み続け、そして自分自身の身体が停止するという悲劇的な結末を迎えた。現実の残酷さは、ときに詩を超えたドラマを生み出すのか。違う。ただ、現実は無意味であることを教えてくれるだけだ。

病に冒されて身体の自由を失っていたあいだも、中澤系の思考はずっと冴え続け、澄み切っていたのだと信じている。身体の自由はあったけれど、世界に阻まれるように部屋に閉じこもっていたぼくにとって、中澤系は一つのともしびだった。

中澤系は長い闘病の末、二〇〇九年に死去した。まるでコンピュータゲームのような、ピュンピュンと機械音が鳴っているような世界として、社会のリアルを見つめ続けた歌人。そして彼の意志はツイッターという仮想空間の中で生き続けた。おそらくは無断で作られたbotに彼の歌が掲載され、そこから新しい若い読者たちが増えた。徐々に「読みたい」という声が高まっていった。そして二〇一五年に、ついに新刻版歌集が刊行された。新刻版では、中澤系が多大な影響を受けた社会学者・宮台真司が寄稿をしている。

システム化されてゆく世界への呪詛を叫び続けた歌人の魂は、皮肉なことにインターネットというシステムのおかげで再発見された。本人は天上で、どんな憎まれ口を叩いていることだろうか。

中澤系

3番線快速電車が通過します理解できない人は下がって
いや死だよぼくたちの手に渡されたものはたしかに癒しではなく
生体解剖《ヴィヴィセクション》されるだれもが手の中に小さなメスを持つ雑踏で
かみくだくこと解釈はゆっくりと唾液まみれにされていくんだ
そとがわにはりめぐらせてあるあまい蜜をからめた鉄条網に
メリーゴーランドを止めるスイッチはどこですかそれともありませんか
手の中にリアルが？　缶を開けるまで想像してた姿と同じ
終わらない　だからだれかが口笛を嫌でも吹かなきゃならないんだよ
おしまいの果てへはりぼてだってかまわないからエンドマークを見よう
空くじはないでもたぶん景品は少し多めのティッシュだけだよ
糖衣がけだった飲み込むべきだった口に含んでいたばっかりに
牛乳のパックの口を開けたもう死んでもいいというくらい完璧に
一瞬のノイズにも受信者たちの意味探しゲームは始まっている
駅前でティッシュを配る人にまた御辞儀をしたよそのシステムに

中澤系

up to dateだなんて魚雷戦ゲームかなにかと勘違いしている

戦術としての無垢、だよ満員の電車を群衆とともに下車する

フェイクだよ三角くじの内側を見ずに行くべき方角を言え

ご破算で願いましては積み上げてきたものがすべて計量される日

そしてまた生き残ったさ受像機に長く空席待ちの人々

オリジナルなのだと言えばくしゃくしゃの紙幣をポケットから出しながら

いつだって知りたがりやのボクらイミだとかキャラメルコーンの中の豆とか

#DIV/0!　無数に浮かぶ数がみな裁きの時を待つ未明にも

天使《エンジェル》の羽根ならざれば温み持つ金具を外したる夕つ方

ひたすらに南京豆を剥いていたせんごはとおいせんごはとおい

永遠に無料の黄いろいポップコーン潰せば同じバターの匂い

ハンカチを落とされたあとふりかえるまでをどれだけ耐えられたかだ

プラスチックの溶けた滴をしたたらせひとりひとりのキューピーの死よ

つぎつぎと真実映すカーブミラーにもひとときの休止《パウゼ》をくれよ

中澤系

サウナ室裸の男二三人皆根源の場を隠しおり

なつかしき地球最後の日をぼくはあしたにはもう去らねばならぬ

ぼくの死ではない死はある日指先に染み入るおろし生姜のにおい

早送りの時のただなか声もなく少女悍馬のごとく上下す

装飾音符美しすぎて旋律を覆い尽くさんばかりの響き

長き夏の日の翳りゆきうす赤く染まる世界のなかに二人は

数として生まれ割られる分母より細きラインで隔てられたまま

アド・バルーン引き下ろされる夕刻の住宅展示場　果てにいる

蹂躙がない　やわらかな菓子パンのそれも一番やわらかな場所

出口なし　それに気づける才能と気づかずにいる才能をくれ

殺精子剤年間生産量×××万t　そのあとにさえ断念はある

消費せよ次なるnを　向こうから来る生活をただに微笑み

いつまでも変わらぬ明日をコンタクトレンズ外せばぼやける日々に

小さめにきざんでおいてくれないか口を大きく開ける気はない

中澤系

ヒカンならモリモトタイラにまかせよう Ok, it's the stylish century
夜の教室　それぞれの生それぞれのペットボトルが机上に並ぶ
類的な存在としてわたくしはパスケースから定期を出した
ヒトとして生きる訓練ならばこの混み合う車内も愛するべきか
終わらない日常という先端を丸めた鉄条網の真中で
そのままの速度でよいが確実に逃げおおせよという声がする
負けたのだ　任意にぼくは　ひろびろとした三叉路の中央にいた
ぼくたちが無償であるというのならタグのうしろを見てくれないか
こんなにも人が好きだよ　くらがりに針のようなる光は射して
さようならことばたち対応項を失った空集合たちよ
マニュアルのとおりに解読されているわかりやすさという物語
秩序　そう今日だって君は右足と左足を使って歩いたじゃん
サンプルのない永遠に永遠に続く模倣のあとにあるもの
ぼくたちはこわれてしまったぼくたちはこわれてしまったぼくたちはこわ

松村正直

言い残した言葉も言いに行かない

ぼくが短歌の愛読者になった二十一歳くらいのときにヘビーローテーションしていたのは、石川啄木とフラワーカンパニーズだった。ちょうどフラワーカンパニーズが『深夜高速』という超名曲をリリースしたばかりだった。その曲にこんな一節がある。「真っ暗な道を走る　胸を高ぶらせ走る／目的地はないんだ　帰り道も忘れたよ」「年をとったらとるだけ増えていくものは何？／年をとったらとるだけ透き通る場所はどこ？」。涙が出てくるくらい青くさすぎて最高なナンバーだ。啄木にもこの曲と同質のパンクな何かを感じていた。

そんな頃に松村正直という歌人を知った。啄木がきっかけで短歌を始めた人だと知って関心を持ったのだ。第一歌集の『駅へ』を手にとってみた。興奮した。これはパンクだ。啄木もさることながら、フラワーカンパニーズに近いタイプのパンク・ロックだ。自分が決して今立っている場所になじめないという放浪者精神を捨てられない人の短歌だった。

忘れ物しても取りには戻らない言い残した言葉も言いに行かない　『駅へ』

松村正直は、東大卒だけれどすぐに就職しないで日本中の地方都市を移り住みながらフリーターとして二十代を過ごしたという過去を持つ。岡山、金沢、函館、福島、大分。安定した道をあえて投げ捨てて、レールを外れて、「逃げ回る」ことを選んだ。これは自らのプライドを賭けた逃走だ。「エリート社会」という牢獄からの脱獄囚だ。松村正直の短歌だけを読むと、別に過激な言葉や斬新な手法を用いているわけではない。

まつむら・まさなお　一九七〇年東京都町田市生まれ。京都市在住。東京大学文学部独文科卒業。一九九七年「塔」短歌会入会、現在は編集長。一九九九年「フリーター的」で第四十五回角川短歌賞次席。二〇一一年、評論集『短歌は記憶する』で日本歌人クラブ評論賞受賞。二〇一四年、第三歌集『午前3時を過ぎて』で第一回佐藤佐太郎短歌賞受賞。

穏やかで美しい風景描写に満ちたものもある。しかしその本質は間違いなくパンク・スピリットだ。

抜かれても雲は車を追いかけない雲には雲のやり方がある

新しい町で暮らせば新しい自分になれる（はずもないのに）

悪くない　置き忘れたらそれきりのビニール傘とぼくの関係

薄暗い部屋で私を出迎える洗濯ばさみのAの倒立

七年で六つの町に暮らしたり僕は僕から出られないまま

『駅へ』

名前もないインスタントなふれあいを求め、「僕」という檻から出たいのに出られなくてもがく。きっとそういう人はいっぱいいる。誰だってこんな窮屈な「自分」を脱出したい。でもどこかでみんな自分を引き受けなくてはならない。この松村正直も、必死に道を逸れて流浪へと走った理由があった。それは歌集『駅へ』の終盤で明かされ、それ以降の彼の短歌は「僕が僕であること」を引き受けてゆく軌跡となっている。しかしそれは成熟という名の堕落などでは決してない。放浪暮らしを中断することにはなったけれど、「ここではないどこか」を必死に探し求める精神は奥底で燃え続けている。スーツを着ようが、マイホームがあろうが、パンク・ロッカーは死ぬまでパンク・ロッカーだ。

　松村正直はフリーター時代、あまりに有能すぎてすぐに正社員に誘われるのでそのたびに逃げ出して別の街へ移っていたらしい。フラワーカンパニーズの『深夜高速』にはこんな一節もある。「壊れたいわけじゃないし　壊したいものもない／だからといって全てに満足してるわけがない」。松村正直の流浪の二十代もまた、これに近い感情だったのではないかと思う。外部への破壊衝動も、自己崩壊願望も、実は別にパンクの要件じゃない。「満ち足りない」、要件はこれだけで十分なんじゃないか。ぼくが松村正直の歌に魅力を覚えたのも、何があろうと決して満足できない、どうしようもない感情そのものに輝きを感じたからなんだ。

『駅へ』

松村正直

フリーターですと答えてしばらくの間相手の反応を見る

土手道のすすきよすすきどこまでも僕の忘れた人の数だけ

日が落ちてブランコだけが揺れている追いかければまだ追いつくけれど

曇天を支え切れずに縮みゆく電信柱を責める気はない

忘れ物しても取りには戻らない言い残した言葉も言いに行かない

表からしか見たことのない家が続く　やさしく拒絶しながら

「フリーター歓迎」という貼紙の貼られたままに朽ちていく店

しり取りをしながらふたり七色に何か足りない虹を見ていた

紳士服売場にならぶ何ひとつ記憶のしわを持たないスーツ

滑らかにエレベーターは上下して最後までビルを出ることはない

二年間暮した町を出て行こう来た時と同じくらい他人か

新しい町で暮らせば新しい自分になれる（はずもないのに）

少しずつ私は齢を取るようだ西へ西へと向かう列車に

ターミナル駅を一両一両とまた歳月がこだまして行く

松村正直

定職のない人に部屋は貸せないと言われて鮮やかすぎる新緑

逃げ回り続けた眼にはゆうやみの色がかなしいまでにやさしい

フリーター仲間と語る「何歳になったら」という言葉の虚ろ

文字盤を歩き続ける旅人よ、もしたどり着くことがあるなら

温かな缶コーヒーも飲み終えてしまえば一度きりの関係

抜かれても雲は車を追いかけない雲には雲のやり方がある

押ボタン式信号と気付かずにここで未来をじっと待ちます

薄暗い部屋で私を出迎える洗濯ばさみのAの倒立

悪くない　置き忘れたらそれきりのビニール傘とぼくの関係

腕に巻く時計の輪から抜け出して観覧車過去も未来も見える

雨傘の下から見える町だけを僕は歩いてきたのだろうか

それ以上言わない人とそれ以上聞かない僕に静かに雪は

夕焼けを浴びて二人の影が手をつなぐくらいの距離で歩いた

愛情であるならむしろガムテープよりもセロハンテープくらいの

松村正直

鋭角の切断面を鮮やかにさらしてサンドイッチがならぶ

あなたとは遠くの場所を指す言葉ゆうぐれ赤い鳥居を渡る

テーブルを四人で囲んだ日々もある今それぞれが一人となりて

「宇佐美さん」と他人のように母は呼ぶ、母には既に他人であれば

かすがいになれなかった子もいつの日か父となる日を夢に見ている

「離婚した親を持つ子」であることも終わりと思う今日を限りに

七年で六つの町に暮らしたり僕は僕から出られないまま

デッサンのように何度も君の手に撫でられて僕の輪郭になる

列島の肩凝りのような青森に住む友からの短い手紙

名前のみ読み上げられる祝電のしゅうぎいんぎいんさんぎいんぎいん

黒ずみしバナナの皮に浮かび出る大東亜共栄圏のまぼろし

犠打という思想を深く刻まれてベンチに帰る少年のかお

技術論にて始まりし朝礼の精神論となりて終わりぬ

理由あまた列挙してきみは辞めていくおそらく一番の理由は言わず

『やさしい鮫』

松村正直

「やさしい鮫」と「こわい鮫」とに区別して子の言うやさしい鮫とはイルカ
感情をあらわに見せて自動車が軽自動車を追い越してゆく
人質のごとく差し出す履歴書の写真の顔は天井を向く
遠藤は「ゑんどう」なれば渡邊の後にならびて古き本のなか
向き合って君と食事をしておれどかなしみ方がよくわからない
右端より一人おいてと記されし一人のことをしばし思うも
包まれて妊婦のごときオムライス食べたりわれはケチャップを塗り
焼きそばの匂いが不意に流れくる　花の咲く頃また会いましょう
半島をめぐりしのちに軍艦はわが前に来つイクラを載せて
点線に沿って切り取るかなしみのこの人もまた味方ではない
本題に早く入ればいいものを蛇口を漏れる水の音する
人間のための明かりを消ししのち闇にはうごく機械七台
侵略的外来植物「イタドリ」が繁茂すると聞く欧州の地に
廃屋を串刺しにしてのびてゆく竹に斜めのひかりはそそぐ

『午前3時を過ぎて』

高木佳子
かたく閉ざして少女も眠る

高木佳子は、「幻視の女王」と称された葛原妙子と同じ「潮音」という短歌結社に所属し、その流れを汲んでいるような幻想的作風の歌人である。蝶、鳥、飛行機、風船など空を飛ぶモチーフを好んで詠み、そして自由に羽ばたくことのできない自らの姿をそれに対置させる。

第一歌集『片翅の蝶』は男児を出産し子育てをした経験を主題とした歌集である。子育てをテーマとした短歌は「育児詠」という一大ジャンルになっているが、日常べったりの生活くささが出てしまいがちだし、子どもへの思い入れが強いほどにナルシシズムの匂いを感じてしまってぼくは少し苦手なのだが、高木佳子の育児詠は非日常的なファンタジー感があって魅惑的だ。自らの子どもを「少年」と呼び、まるで夢の中で自分を導いてくれる存在のように描く。

陽の中へ疾駆せよ五月　少年を待ち受くるものあまた光れる

子は光る破片ひろへり　また一つ出生からの地図につなげよ

蝗らを発たしめて子は野を走るまだ余剰なる思想を持たず

少年の集めし羽のひとひらをわが背に附くれば遠くゆけよう

『片翅の蝶』

目の前に広大な未知の世界を抱え、これからどんな色にだって自由に塗ることができる幼い少年。そしてその姿に希望を託すしかない母親。子が育ってゆく歓びの向こう側に、「母」という存在の業と悲哀もかすかに透けて見える。

たかぎ・よしこ　一九七二年神奈川県生まれ。一九九九年「潮音」入社、波汐國芳に師事。二〇〇五年、「片翅の蝶」で第二十回短歌現代新人賞受賞。二〇〇八年、第一歌集『片翅の蝶』で第十四回日本歌人クラブ新人賞受賞。二〇一〇年、個人誌「壜」創刊。二〇一二年、第二歌集『青雨記』で第十三回現代短歌新人賞受賞。「潮音」同人。

第二歌集『青雨記』には「少女」というテーマが立ち現れる。歌集冒頭に水着や体操着姿の少女たちを主題とした「ひとたばの」という連作があり、これが危うい美しさを放ったとても魅力的な歌の数々である。少女たちの引き締まった身体とひたすらに現在を燃焼させて生きる感覚への素直な憧れは、あるいは自らがかつて持っていて今はなくしてしまったものへの追憶なのかもしれないし、あるいは背徳的な愛情に近いものなのかもしれない。フェティシズムと言ってしまうのは簡単だが、ファンタジーの匂いを与えてくれる文語脈の文体が妖精的な世界観の構築に寄与している。

少女群　紺の水着の胸うすくみづにあるときひとたばの葦

跳び箱の帆布ましろく開脚の少女は一瞬つばさある魚

少女冷ゆ　はつかにみづを匂はせて白き靴下はきしそのとき

合歓の葉の閉づる夜なれば両膝をかたく閉ざして少女も眠る

そのかみの少女の脛のふくらかな小鳥の胸を思はすること　『青雨記』

高木佳子は福島県いわき市在住であり、『青雨記』には東日本大震災の被災の経験も綴られる。その描き方も、社会批判的な要素を持たせるのではなく、暗黒的な幻想性を漂わせて表現する。

見た筈である、漆黒の鴉は海の方より戻り来たればがらんどうの海は冷えゐて此処に立つ吾らのほかに彩をもたない　『青雨記』

ずっと憧れていた「自由に空を飛ぶもの」も、いつのまにか「漆黒の鴉」へと統一されてゆき、「少年」や「少女」の未来は奪われてゆく。高木佳子は他地域へ避難をせずいわき市に残り続ける道を選んだのだが、それは幻想の空への憧れを振りきって、自らの両足で地上に立ち続ける決意だったといえるのだろう。

高木佳子

翅もつを羨むやうに蟻たちが掲げて運ぶ蝶の片翅《かたはね》

てのひらの砂をこぼして笑ふ子が砂より軽くわれを侮る

ゆふぐれの部屋に夜盲の鳥とゐてわが昴りをたやすく曝す

若からぬわれは子どもの笹舟に託す思ひをひそかに選ぶ

蝶になり飛行機になりいつまでも野を駆くる子よ翼を持つごと

わが知らぬ世界に立てる少年に追ひつくために日傘を閉ぢむ

脱衣して夜の玻璃越しの映る身よ実ることなき果樹のごとしも

わが展翅《てんし》を解かむがために結ひあげし髪を留めたるピンを引き抜く

子はにがき綿飴ならむ　眠る子の親指われが含みてみれば

子には子の生あるものを競はむとする母われが目に見えぬ枷

つめ草の花冠編むときわが指に荊冠となる確信兆す

寄する波は母の鼓動かむづかりし幼子いつか微笑みてをり

起点なる故郷を持たず白地図を青一色に塗りし遠き日

陽の中へ疾駆せよ五月　少年を待ち受くるものあまた光れる

『片翅の蝶』

高木佳子

堤防に座りて海を見るわれのかなしみとして吾子の横顔

擦り傷を負へる幼に煙る血よその血のなかにわれも在らむか

子は光る破片ひろへり　また一つ出生からの地図につなげよ

母として異端のごとく髪を解き抱かるるを欲る我をかなしめ

蝗らを発たしめて子は野を走るまだ余剰なる思想を持たず

てのひらを子と見せあへばわれは疵　子は雪虫を握りてをりぬ

三輪車つめたく錆びて置かれをり子に叛かれし老母のごとく

海にきて昂りし子が果《はて》しなく語る明日にゑぐられてゐる

てのひらに落花生あり乾きたる音たつるとき必ずひとり

海を掬ふ子の手のうちにわが知らぬ何か光りきあるいは希望

少年の集めし羽のひとひらをわが背に附くれば遠くゆけよう

荒野より小鳥発つなりそれぞれの翼に明日の匂ひをさせて

少女群　紺の水着の胸うすくみづにあるときひとたばの葦

静脈の青を思はす空のもとプール開きの旗《フラッグ》は立つ

『青雨記』

高木佳子

跳び箱の帆布ましろく開脚の少女は一瞬つばさある魚

少女冷ゆ　はつかにみづを匂はせて白き靴下はきしそのとき

教室の鍵のありかを尋ねられ、答へにつまり、燕が知ると

まだ堅き果実のやうにはつかなる音を立たせて動くくるぶし

むらさきの葡萄の粒をちちふさの先のごとくに摘む闇夜は

合歓の葉の閉づる夜なれば両膝をかたく閉ざして少女も眠る

そのかみの少女の脛のふくらかな小鳥の胸を思はすること

駆け足《ギャロップ》で駆け去るやうな夏なりき去ぬるなべては美しくして

蟻の墟忘れてありぬ　今のいまたふれて蟻のあふれむとする

いちまいの花びら咬みて小鳥遊びそのはなびらのあまたなる傷

このをんな桜桃剝きてあえてゆく果汁のすこし酸ゆきことなど

このをんな鳥のつがひのとことはに籠めたるままの部屋に眠りぬ

このをんな鳥と違へて撃たれたる蝶のなまへを書かうとしない

芒いま手のかたちしていつせいに指し示すなり風のゆくへを

高木佳子

たとふればパーレンとして見る虹に閉ぢられてゐる吾の地平は
くちびるに雪かと思ふ指あてててたれにも言つてはいけないと言ふ
クリスマス・カードは柔きまなぶたの男に似てゐる、ゆつくり開く
ミルフィーユむごく崩せるけふの日のこの切り岸のごときいつとき
みづどりにそれは似てゐむ地のうへに落ちて飛び立つごとき雨滴は
原色の傘を差す子よ　おまへとはまた混じるべき色もたぬ生
サンド・バッグの砂は想ふよすぎゆきに女の指をこぼれおつるを
海嘯ののちの汀は海の香のあたらしくして人のなきがら
特徴はただ義歯とのみ奪はれしそのひとの名をたれも知らない
見た筈である、漆黒の鴉は海の方より戻り来たれば
がらんどうの海は冷えゐて此処に立つ吾らのほかに彩をもたない
それでも母親かといふ言の葉のあをき繁茂を見つめて吾は
あをいろの雨はしづかに浸みゆきて地は深々と侵されてゐる
魚《うろくづ》よ、まばたかざりしその眼もて吾らが立ちて歩むまでを　見よ

松木秀
偶像の破壊のあとの空洞

まつき・しゅう　一九七二年北海道登別市生まれ。札幌学院大学法学部法律学科卒業。在学中より病気療養を続ける。一九九八年、「短歌人」入会。二〇〇六年、第一歌集『5メートルほどの果てしなさ』で第五十回現代歌人協会賞受賞。「短歌人」同人、「川柳展望社」会員。

あなたの住んでいる場所のことを考えてほしい。どんなお店が入ってもすぐに潰れてゆくテナントがないだろうか。駅前すら軒並みシャッターが下りている街がないだろうか。ぼくの地元北海道にもたくさんある。東京への一極集中ばかりが進み、地方はひたすらにさびれてゆく。そしてそれを食い止めようとしているのは地方都市ばっかりで、中央は全くやる気がない。空回りを繰り返して、地方はもっと疲弊してゆく。そんな状況のおかげで、どんな社会が生まれたか。たまたま東京に生まれなかった、ただそれだけのことで「負け」になってしまう社会だ。はっきり言ってしまえば、大学を卒業していることよりも、何かの資格を持っていることよりも、都内に実家があることのほうがはるかに特権になりうる。そういう時代なのだ。

松木秀は北海道登別市出身で、病身という事情もあり、現在も地元暮らし。社会的にはきわめて弱い立場に立たされている。しかし彼は、そんなポジションにいるからこそ作れる短歌を繰り出してみせているのである。

内側の輪の子を蹴った思い出のマイムマイムはイスラエルの曲

核発射ボタンをだれも見たことはないが誰しも赤色と思う

二十代凶悪事件報道の容疑者の顔みなわれに似る

平日の住宅地にて男ひとり散歩をするはそれだけで罪

『5メートルほどの果てしなさ』

松木秀の作家としてのスタートは短歌ではなく川柳。そのため風刺と滑稽味に主眼を置いた歌を得意とする。きわめて弱い立場にいながらも、きっと塔の頂上を見据えて、皮肉という銃弾を撃ち込もうとする。届かなくても構わない。必死で撃ち続けようとしているその姿勢が、似た立場の者たちの目に入ればいいのだ。

〈偶像の破壊のあとの空洞がたぶん僕らの偶像だろう〉という歌は、二〇〇一年にアフガニスタンのバーミヤン渓谷で起きたタリバンの仏像破壊事件に題をとった時事詠である。短歌に時事問題を詠み込むことは、実は結構難しい。マスコミの言論をそのままなぞるだけの自己主張がないものになりがちだからだ。しかし松木は遠いアフガニスタンの問題に現代日本の青年層の空虚感を重ね合わせ、鮮やかに現代的な歌に転換させてみせた。このように、彼は「地方在住の弱い青年層」の立場を決して崩そうとしない。

第二歌集『RERA』、第三歌集『親切な郷愁』では「北海道」という地域性に貼り付いている問題を歌の中で徹底的に暴こうとするようになる。あらゆる地方の中でも、北海道という地域の空虚感はきわめて大きい。郊外の空虚さを描いた現代の作品としては入江悠監督の映画『SR　サイタマノラッパー』が秀逸であるが、近代になってから開発された北海道はそれ自体が、日本の郊外に造成された巨大なニュータウンといえるような地域なのだ。

ショッピングモールの中の駄菓子屋は親切な郷愁でおなじみ

さんさんと夜の光のコンビニにいると死なないような気がする

わたくしが独裁者ならムの音に「夢」を当てはめるのを禁止する

『親切な郷愁』

安易にノスタルジアに逃げることの危険性や、ありもしなかった幻想の「古き良き時代」を追い求めることの愚かしさを、毒たっぷりに衝いてみせるのが近年の作風だ。松木秀が投げつける爆弾は、国ごと没落していっている現実から目を逸らして自慰じみたナショナリズムに興じる現代日本そのものへと向けられ始めている。

『5メートルほどの果てしなさ』

松木秀

アメリカのようだな水戸のご老公内政干渉しては立ち去る

内側の輪の子を蹴った思い出のマイムマイムはイスラエルの曲

ひとすじの飛行機雲のあかるさは世界を締める真綿のように

千羽鶴五百九十四羽めの鶴はとりわけ目立たぬらしい

銀縁の眼鏡いっせいに吐き出されビルとは誰のパチンコ台か

機関銃と同じ原理の用具にてぱちんと綴じられている書類

かわいいなキティちゃんには口がない何も言えずに吊り下がる猫

カップ焼きそばにてお湯を切るときにへこむ流しのかなしきしらべ

核発射ボタンをだれも見たことはないが誰しも赤色と思う

輪廻など信じたくなし限りなく生まれ変わってたかが俺かよ

とりあえずいつでも壁は壊せても瓦礫を捨てる場所はもうない

なにゆえに縦に造るか鉄格子強度のゆえか心理的にか

二十代凶悪事件報道の容疑者の顔みなわれに似る

親指をナイフもて切る所からはじまる優良図書の『坊っちゃん』

松木秀

核発射ボタンは丸か三角か四角かまさか星のかたちか
奥行きのある廊下など今は無く立てずに浮遊している、なにか
偶像の破壊のあとの空洞がたぶん僕らの偶像だろう
ベニザケの引きこもりなるヒメマスは苫小牧駅にて寿司となる
かなしきはスタートレック　三百年のちにもハゲは解決されず
コンビニは安心できる絶対に「ほんもの」だけは置いてないから
ハルシオンの無味、デパスのほのかな甘み、ブロムワレリル尿素の苦み
レーニンが詩歌の棚に並べられ新興住宅地の古本屋
死に際に巨大化をする怪人のように企業の再編つづく
ＬＡＷＳＯＮへＳＥＩＹＵそして武富士へだんだん青くなり死ぬだろう
少年よ無邪気にわらえ明日には消えるすこしの不思議のために
全員のレイオフなれど全員の万歳をもて選挙はじまる
「百万ドルの夜景」というが米ドルか香港ドルかいつのレートか
筋弛緩剤と近親相姦を関連付けてみよ（１５点）

松木秀

霊能者総登場の番組を単純に観て騒げ（4点）
「しなやか」と「やさしさ」だけは使わずに女性を褒めてみよ（20点）
輪になってみんな仲良くせよただし円周率は約3とする
ああ闇はここにしかないコンビニのペットボトルの棚の隙間に
平日の住宅地にて男ひとり散歩をするはそれだけで罪
差別にもいろいろありて究極はジャイアンの言う「のび太のくせに」
ブックオフの百円コーナーだけだろう逸見政孝を忘れないのは
広告はキティちゃんなり性欲を抑える薬リスパダールの
秀吉が大河ドラマであっさりと死んで開票三十分前
都市伝説「死体洗い」を生みだせたかつての純文学の力よ
札幌銀行なる銀行の撤退ののち幸福の科学入居す
運転免許更新に行けば誕生日われと同じか近い人ばかり
オホーツク紋別かなし自殺者の数にばっかり引用されて
郊外のショッピングモールへ近づけば満州国に来た心地する

『RERA』

松木秀

飛び降りる人とか首を吊る人も大抵の場合「前向き」である

粉雪の香りってどんな香りだろうバキュームカーも粉雪のなか

わが街にやっとTSUTAYAができましたこれからは荒廃しそうです

げんじつは「じ」のあたりから腐りだすじゆう、じんけん、じみんとうなど

こんな日は星たちさえも嘘くさく夜の元素はプラネタリウム

ショッピングモールの中の駄菓子屋は親切な郷愁でおなじみ

さんさんと夜の光のコンビニにいると死なないような気がする

「頑張った」高校野球を讃えたるひとたちが生むブラック企業

パンが無くお菓子しかないコンビニにほほえむマリー・アントワネット

ハドソンの消滅したり　つまり、なんだ　ファミコン的なものの終焉

わが歳とだいたい同じ年齢を菊地直子もわれも重ねき

DVDの万引きのほうが軽い罪違法なダウンロードに比べ

「メスプレイ」の検索結果が十万件超え本日は日本は平和

わたくしが独裁者ならムの音に「夢」を当てはめるのを禁止する

『親切な郷愁』

横山未来子
あの夏と同じ速度に擦れ違ふ

口語短歌だったら若い人の歌で、文語調の短歌を作っていたらベテラン、なんていうふうには簡単に言えないのが短歌の面白いところだ。山崎方代みたいに口語だけど孤独な老人のつぶやきとしか言いようのない短歌もあるし、文語調の作風でも「あ、若い人だな」と直感できる言葉選びをする人がいる。横山未来子がその典型例だと思う。まるでそれが生まれつき備わっている声であるかのように、極限まで美しさを引き出そうとする文体を操ることが出来る。

短歌というジャンルそのものを変革し新しいものに変えてゆける力を持つのはむしろ短歌にとっては「鬼子」のような歌人だったりするのだけれど、「うたの寵児」はそれとはまた異なる絶対的な価値がある。ネイティブとして短歌のリズムを持っている歌人は、実験的な方法に頼ることなく、清新な韻律を生み出す。

よこやま・みきこ　一九七二年東京都生まれ。一九九四年、「心の花」入会、佐佐木幸綱に師事。一九九六年、「啓かるる夏」で第三十九回短歌研究新人賞受賞。二〇〇八年、第三歌集『花の線画』で第四回葛原妙子賞受賞。

あをき血を透かせる雨後の葉のごとく鮮《あたら》しく見る半袖のきみ

ゆたかなる弾力もちて一塊の青葉は風を圧しかへしたり

胸もとに水の反照うけて立つきみの四囲より啓《ひら》かるる夏

首のべて鹿が新芽を噛むときの音ともおもふ名を口にせり

『樹下のひとりの眠りのために』

水や植物といったモチーフを好んで詠む横山未来子の短歌は、清涼感に満ちている。真夏に声に出して読んだら、まるで体内に風が吹き抜けてゆくように感じて、さぞかし涼しげで気持ちいいだろうと思う。読んでわかるように文語脈を用いているのだけれど、古典和歌のあでやかで流れるような韻律とは趣が異なる。言ってみれば、古風な文体ではあるのだけれど、「和風な文体」ではないのだ。爽やかでしゃきしゃきしたしらべが特徴的である。新鮮な野菜のような短歌といえるだろうか。果物のような甘味はないかもしれないが、水分そのものの美味しさを感じられるような歌だ。

ボート漕ぎ緊れる君の半身をさらさらと這ふ葉影こまかし

瞬間のやはらかき笑み受くるたび水切りさるるわれと思へり

君が抱《いだ》くかなしみのそのほとりにてわれは真白き根を張りゆかむ

『樹下のひとりの眠りのために』

いつまでも日日は続くと思ひゐて君に未完の言葉告げ来つ

両腕をひらきて迎へゐるわれをまつすぐ透過してゆくひとか

あの夏と同じ速度に擦れ違ふ歳月のあはき肉をまとひて

『水をひらく手』

横山未来子は生まれつき病弱で車椅子生活を送っており、満足に学校に通うこともできなかったそうだ。三浦綾子の本をきっかけとして短歌に関心を持ち始め、のちにキリスト教の洗礼も受けた。三浦綾子も結核と長く闘病していたので、身体の自由が利かない境遇にシンパシーを感じたのだろうか。風や影をはじめとした自然物が体内を透過してゆくというイメージが短歌に頻出するのも、「思うように動けない」ことへのコンプレックスが反映しているように思える。全ては過ぎ去ってゆき、私はいつでもここに置き去りのまま。読者には喜びのように感じられる風の吹き抜けるような感覚が、横山にとっては孤独感でしかない。

そういえば横山の歌には、地面に寝転んで空を見上げる歌が妙に多い。身体的制約ゆえの行動なのかもしれないが、確かに地面に寝転んだときくらい大地と一体化する感覚を味わえる瞬間は他にない気がする。それをしたことがあるとないのとでは、世界の見え方は明らかに違うはずだ。

『樹下のひとりの眠りのために』

横山未来子

あをき血を透かせる雨後の葉のごとく鮮《あたら》しく見る半袖のきみ
ボート漕ぎ緊れる君の半身をさらさらと這ふ葉影こまかし
偶然に知りたるきみの体温をおもへば夏の樹皮に似てゐき
瞬間のやはらかき笑み受くるたび水切りさるるわれと思へり
肩すぼめはにかみながら我を見る少年に渡す淡きさよなら
ふつつりと置き去りにされ乱れたる飛行機雲を風のきよめぬ
双葉から若木はぐくむ歳月をわれより多くかさね来しひと
ゆたかなる弾力もちて一塊の青葉は風を圧しかへしたり
胸もとに水の反照うけて立つきみの四囲より啓《ひら》かるる夏
傍らにまねき寄せられひとときは空向く茎の素直さとなる
夏の陽を反せるバスの窓へだて音声のなきさよならをしつ
葉先にてむすぶ雨滴の離れむを見守るやうにことば待ちゐき
わが裡の画布はいつよりあらたまりこのやはらかき素描を得しや
冬の水押す櫂おもし目を上げて離るべき岸われにあるなり

横山未来子

一枚の水つらぬきて跳ね上がるイルカをけふの憧れとせり

バー越ゆるその総身は消えやすき真夏の虹の弧をつくりたり

君が抱《いだ》くかなしみのそのほとりにてわれは真白き根を張りゆかむ

風中へ紙ひかうきを押し出すやうに断ちたるもののありしよ

分けあひたき思ひかかへて過ぐる日々舗道の雪に塵まじりゆく

首のべて鹿が新芽を噛むときの音ともおもふ名を口にせり

球根をうめたる場所を指ししめすやうにはじめてこころ伝へつ

いつまでも日日は続くと思ひゐて君に未完の言葉告げ来つ

夕立を運べる雲のひとところ開《ひら》けて空の泉見えたり

歪《ひづ》みつつ花火ひらけりこの次の夏を描けぬわれらの上に

両腕をひらきて迎へゐるわれをまつすぐ透過してゆくひとか

きみの指に展かるるまでほのぐらき独語のままの封書一通

鉄柵のむかうを猫の歩みゐて鉄柵にほそく分割さるる

音階を高きへ移りゆくやうにひかりは蜘蛛の糸を滑れる

『水をひらく手』

横山未来子

音のなき世界にありて唇を読むごとく君を視つめてゐたり

画数多ききみの名を書くきびきびと喬木は枝さしかはりたり

きみに与へ得ぬものひとつはろばろと糸遊《いとゆふ》ゆらぐ野へ置きにゆく

ブラインド下りたる昼の図書館を浸す水中のやうなる時間

風なかへ綻びゆける草の絮わが内のきみを君に返さむ

はりはりとセロファンは鳴り花束の多く行きかふ街に風吹く

あの夏と同じ速度に擦れ違ふ歳月のあはき肉をまとひて

人無き部屋にをりをりまぶた伏せて聴く音階を蛇行してのぼるこゑ

送話口にあたり震へる風の音と生きてゐる君の音を聴く夜半

葉の燃ゆる匂ひながれ来　雨に炎うち勝つさまをおもひゑがけり

隧道をいくつか通り来しやうにあかるく暗くなれり心は

しばらくを蜜吸ひゐたる揚羽蝶去りゆきて花浮きあがりたり

二匹の蟻遇ひてははなれゐるあたり日傘の影のなかのわが影

眼をあけてゐられぬ空の下に寝むわれらの髪に蟻迷ふまで

『花の線画』

横山未来子

海は月を月は眠りを祝しをりわが身をのぼり退きてゆくもの
思ひのまましばし振る舞ひそののちに花盗人のごと許されたきを
あらずともよき日などなく蜉蝣は翅を得るなり死へ向かふため
人にみな若き母ありきひらがなにひらきたるやうに子の名を呼びき
掌をひらき芝生に眠るわれのうへ星の速さに鳥は流るる
数枚の扉を開けて出づる場所あをき夕暮れの世界となれり

『金の雨』

切符鋏にて猫の耳切る誘惑を書きし人ありこの薄き耳を
朝露の鳥の口へと移る頃ねむりはわれをいまだ占めをり
桜餅のにほひと言ひて雨の日の枝をくぐりしをとこありけり
あまやかに陽のさせる昼暗幕のごとき葡萄の皮をやぶりつ
人よりもゆたかにあゆむ黒猫の雑貨屋の角まがるまでを見つ
原初なるよろこびをもて濃緑のアボカド一顆ねぢらむとせり
蜂蜜の壜かたむけてゆるやかにかたむくひかり眺めゐるなり
をりをりにわが俯けるときあるをマフラーに柔く唇ふれぬ

『午後の蝶』

コラム

歌集が欲しいんだけどどうすれば手に入るかな？

短歌を読みたいと思ったときに最初にぶつかる悩みが、「本屋に売っていない」ということだ。短歌コーナーなんて大都市の大型書店クラスにならないと設置していないし、そこにだって必ずしも気になった歌集が置いてあるとは限らない。ぼくも短歌の読者になったばかりの頃はずいぶん困った。ネットで知って読みたくなった歌集も、絶版品切ればかりだった。しかもぼくは地方都市にばかり住んできたから、紀伊國屋書店新宿店のような超大型書店にもそうそう行けない。

しかし検索をしてみたら、歌集の出版社はけっこう公式ウェブサイトを持っていて、必ず注文フォームもあるのだった。だから書店に気になった歌集が置いていなかった場合は、出版社に直接問い合わせるのが一番手っ取り早かった。送料や振込手数料を自社負担してくれる出版社もある。はじめは少し気後れしたけど、一度経験してみるとあとは慣れてしまった。Amazonなどのインターネット書店でも、検索してみると新しい歌集ならたいてい置いてあった。

他には、歌集に強い書店というのがある。京都の「三月書房」は現代短歌の新刊書をたくさん入荷していて、ホームページ上でリストを公開している。このリストが「あれ、今年はどんな歌集が出たっけな」とチェックするときにもとても便利。遠方へは通販もしてくれる。

ただ、歌集は高価だ。二千円や三千円は当たり前で、新刊歌集ばっかりそんなにドカドカ買っていられなかった。少しでも安く抑えたい。そう考えたぼくが頼ったのが国文社の「現代歌人文庫」、砂子屋書房の「現代短歌文庫」、邑書林の「セレクション歌人」といった選集のシリーズ。数冊分の既刊歌集を一冊にまとめたベスト版的なものなので、とてもお得。しかも普通の歌集と比べて書店にも置いてあることが多い。

さらに安く抑えたいときに頼ったのは古書店だ。古書価格といえばプレミアが付いているものをイメージしてしまうが、歌集の古書価格はたいてい普通にそのまま値下がりしているだけだった。またいわゆる新古書店も意外と馬鹿にできない。ぼくは郊外のニュータウン育ちなので新古書店だけは周囲に山ほどあった。そういう店は本の価値がわかっていないので、新品同様の歌集を安く買い叩ける。「新古書店で買いました」とはあまり著者本人に面と向かって言えないけれど……。ちなみにぼくは旅先の新古書店で無名な歌人の歌集を買うのがひそかな趣味だ。だいたい地元のお年寄りなのだが、その街にこの人が住んでいる(た)のだなあという妙なリアリティを味わえて、旅に深みが増してくる。

図書館も、基本無料でたくさんの歌集と出会える素晴らしい場だ。図書館どうしでの相互連絡システムがあるので、遠くの図書館の蔵書を注文して借りたりということも簡単に出来る。ぼくもそのサービスをずいぶんと使った。蔵書検索をしてみれば、現代歌集も意外と置いてあるもの。ただ地元の歌人の歌集が郷土資料扱いで貸出不可にされているという罠がたまにある。

そしてどうしても見つからなかったときの最後の手段、それは「著者に直接連絡」。歌集は著者が買い取り負担をして刊行にこぎつけるというシステムが多いため、著者のもとにも大量の在庫が残っていたりする。たいてい扱いに困っているのでディスカウントしてくれる(場合によってはタダでくれることも)。ある意味、最高にして最強の歌集入手方法である。実は「歌壇年鑑」というものが年に一回出ており、それにたくさんの歌人が登録された名簿が付属している。そこで連絡先は入手可能なので、手紙でも出してみよう。気分を害する人はたぶんいないので。年鑑は図書館にも置いてあるはず。

ただ、実際に書店で売っていればできるけれど注文購入ではできないことは、立ち読みしての中身の確認。ぱらぱらページをめくったときの印象とか、装幀の雰囲気とかも、購入を決意する動機に大きく関わる。それは歌集を売る側の大きな課題ですね。

しんくわ
男子として泣いてしまいそうだ

しんくわ　一九七三年生まれ。岡山県出身・在住。二〇〇三年に作歌を開始。二〇〇四年、「卓球短歌カットマン」で第三回歌葉新人賞を受賞。「未来」短歌会所属の田丸まひるとのユニット「ぺんぎんぱんつ」を拠点に作品を発表する。

「しんくわ」という、歌人には珍しい奇妙なペンネームは、もともとはインターネット上のハンドルネームであった。ハンドルネームをそのままペンネームとして名乗っていることからもわかる通り、短歌結社などとは無縁で、サブカルチャーの文脈から登場してきた歌人である。

　歌人デビューのきっかけとなったのは二〇〇四年の第三回歌葉新人賞。荻原裕幸、加藤治郎、穂村弘が選考委員で、選考経過をオンライン上で公開するという新しいタイプの新人賞であった。中学卓球部員の情けない日常を戯画的に描いた連作「卓球短歌カットマン」は、当初は加藤治郎が候補の一つに挙げていただけだったが、公開選考の中でどんどんファンが生まれてゆき、選考委員の間でも推す空気が醸成されていって受賞へと至った。当時のぼくはただの短歌読者だったためリアルタイムの選考までは追っておらず、黒瀬珂瀾が読売新聞で連載していた「カラン卿の短歌魔宮」（西尾維新の小説のイラストを多く手がけている竹が挿絵を描いているという異色の短歌コーナーだった）にて「卓球短歌カットマン」が紹介されたことで知った。爆笑した。

　斉藤斎藤や笹井宏之も同じ賞を受けてデビューしているが、歌葉が作り出した独特の磁場に培養された申し子的歌人といえるのは、このしんくわだろう。

てのひらに落ちてくる星の感触にかなり似てない投げ上げサーブだ

身の中にマブチモーターを仕込んでるとしか思えぬ奴の素振りだ

あの子は僕がロングドライブを決めたとき　必ず見てない　誓ってもいい

元卓球部　現生徒会長木戸健太が毎日部室に来るので困る
我々は並んで帰る　（エロ本の立ち読みであれ五人並んでだ）

「卓球短歌カットマン」

体育会系とも文化系とも言いがたい中途半端な童貞たちの、へなちょこで情けなくてしかしきらきらした青春の記録。もちろんこうした世界観は、古谷実や小田原ドラゴンの漫画の世界などでさんざん描かれ尽くされたとはいえる。しかし、しんくわの短歌では「へなちょこな青春」の表現にリズム的なアプローチから挑んでいる。七音の結句にわざわざ「だ」をつけて字余りにしてまで体言止めを回避することで、青春の思い出やノスタルジアから生まれる抒情を徹底的に拒否している。余韻を残すことをあくまで拒み、乾いたユーモアへと転化することに全力を注いでいる。そのための方法が、音韻のコントロールという短歌だからこそ使える技術によって構築されているところが、しんくわの凄みが現れている点だろう。

きらきらと光る凶器を魚だと言い張ってます。覆面ペンギン
僕はもう火星に帰る。ペンギンに落書きされた船に乗り込む

これらは歌葉新人賞受賞前年の二〇〇三年に、ウェブ上にて題詠百首を集団でこなすという「題詠マラソン」というイベントに参加した際の作品である。百首すべてにペンギンを詠み込むという荒業を用いており、コミカルさと幻想性を両立させている。

近年のしんくわは、昔から交流のある「未来」所属の歌人・田丸まひるとのユニット「ぺんぎんぱんつ」を拠点に、コンビニエンス・ストアのマルチコピー機からダウンロードする「ネットプリント」という媒体で新作を発表している。インターネット上の選考会から見出された才能は、現在もやはり新メディアに果敢に取り組み続けているのである。

しんくわ

「卓球短歌カットマン」

海賊のような髪型をとりあえずなんとかするため　投げ上げサービス

卓球やあらゆる間接キスなどに負けるわけにはいかない僕らだ

レベル15のウィザード使いの僕であるが　シェイクハンドダブルス前衛

てのひらに落ちてくる星の感触にかなり似てない投げ上げサーブだ

シャツに触れる乳首が痛く、男子として男子として泣いてしまいそうだ

消火器の威力をためすなんてこと部屋の中ではやめろよ岩野

身の中にマブチモーターを仕込んでるとしか思えぬ奴の素振りだ

卓球部女子の平均身長が男子より高いのは反則だ

真っ白な東京タワーの夢を見た　今年は寒くなればいいのに

ゼッケンの裏に果実の匂いする　グレープフルーツ密売グループ

あの子は僕がロングドライブを決めたとき　必ず見てない　誓ってもいい

じゃがたらのことばかり話す先輩の前髪が眼に刺さりそうである

どことなく銀色夏生に似ている他は　過不足のない告白だった

ぬばたまの夜のプールの水中で靴下を脱ぐ　童貞だった

しんくわ

カンフーアタック　体育館シューズは屋根にひっかかったまま　九月
猫を見ると単車を止めるメールマンが議題となりし職員会議
背後から優しく抱いて囁いてジャーマンスープレックスホールド
曇天の海へと向かう汽車に乗り副キャプテンの儀式を終える
元卓球部　現生徒会長木戸健太が毎日部室に来るので困る
「卓球に練習なんか必要ない」また無茶を言う生徒会長だ
「君たちは熱血漢だね　それはそうと　僕の大事なロレックスを見るかい？」
「ロレックスはよくわかったから家庭科で作った酢豆腐食いなよ　会長」
幸運とはあなたの知らない世界樹の葉を持つ新倉イワオのことだ
我々は並んで帰る　（エロ本の立ち読みであれ五人並んでだ）
ペンギンの指揮者を捕獲しようとし武装音楽団シンバルを打つ「短歌、WWWを走る。——題詠2003」
ペンギンの大魔導師の振る杖で足踏みミシンが浮かぶ真夜中
被害者のビオラは喋る　ペンギンに凍らされた弦のこととか
きらきらと光る凶器を魚だと言い張ってます。覆面ペンギン

しんくわ

式場にてペンギンVSエイリアン　七五三です　七五八撃ち☆★です
海岸に沿う防波堤に耳をあてペンギンの群れは貝殻になる
ぽきぽきとクレヨンを折る敵方の王子と目つきの悪いペンギン
来賓席を占領すべくペンギンはトロルを三体連れて出かけた
僕はもう火星に帰る。ペンギンに落書きされた船に乗り込む
四次元の扉を開きペンギンはナポレオンズを召喚させた
紫陽花に囲まれながら僕たちは給食を待つくらいしか取柄がない
「紫陽花」（『短歌ヴァーサス』11号）
冷やされた郵便配達人の手を温めるオスセイウチの脇のぬくもり
給食はまだこないけどとりあえず山羊には山羊の未来があるのだ
窓を開けても風の入らぬこの部屋によるがきてよるがなかなか立ち去らぬ
「ぺんぎんぱんつの紙」
猫を投げる老婆がおりし音羽屋食堂の投げられる猫に雨の中会う
夏至パンクス　生き抜くためにガムの表面のさらさらした粉を舐めるよ
夏至パンクス２号　生き抜くために遠い昔生かさず殺さず亀をなぶりものにしたものだよ
夏至パンクス３号　僕は川越シェフを擁護する　彼、シェフじゃないか

しんくわ

グーグルで徐庶《ジョショ》を検索するたびにＪＯＪＯでは？と尋ねられるトラップ
一年を身体で表すならば、秋は尻だ。尻は好きだな
毒蝮サンダーボルトのおとされた田圃に我はよこたわりけり
津山の夜　津山のクリスマスの夜　吉井川沿いのバス停の冷たいベンチ
難しい漢字のように降る雪のように忘れるようにしまおう
君に薔薇　ついでにメリークリスマス　トイレのドアに落書きがある
光りそう　箪笥の中に眠らせた　冬の昔の夕焼けの空
こいのぼりの中に入ってとりあえず夕暮れを待つ街外れの猫
ドブネズミのように美しくなりたい　金網から飛び降りたブル中野のような美しさがあるから
コンタクトレンズを探す達川のように平和を探し続けたいのだ　僕らは
岡山に帰っても僕らはホームのゲーセンに夜までたむろしている
桃太郎、雉、犬、猿をつなぎ合わせ世界平和を目論む老夫婦
猫のいない日々にも慣れてこの気持ちをあの脚本家と共有したい
いきつけの東京書店のケンコバの幟は秋の夜露に濡れる

松野志保
もしぼくが男だったら

まつの・しほ　一九七三年山梨県生まれ。高校在学中に作歌を始める。東京大学文学部日本語日本文学専修卒業。一九九三年、「月光の会」入会、福島泰樹に師事。二〇〇〇年、「永久記憶装置」で第四十三回短歌研究新人賞候補。二〇〇三年より短歌同人誌「Es」に参加。

いろんな種類の美学を許容するのが現代短歌のいいところであるが、この松野志保はとりわけ異色の美学を追求する歌人だ。凛としたアルトの響きでの詠唱が聞こえてくるような中性的な文体。本人は女性であるが、「ぼく」という一人称を好んで歌の中に用いており、少年同士の愛の世界を表現しようとする。いわば、「ボーイズラブ短歌」のトップランナーである。

雑踏を見おろす真昼　銃架ともなり得る君の肩にもたれて

ぼくは雨　君の外側を流れ落ち皮膚に染みいることも叶わぬ

生殖とかかわりのない愛なども容れてどこへもゆかぬ方舟

『too young to die』

まだ未熟で中性的な少年の「ぼく」と、血と暴力の世界に生きていて危険な魅力を放つ成熟した大人の男性「君」とが叶わぬ恋に落ちるというシチュエーションを特に好んでいるようだ。未熟な少年であるがために、「ぼく」は「君」の世界へ入りこむことが叶わない。自傷を思わせるイメージを多用するのは、血と暴力の世界に憧れ心酔する「ぼく」の姿に満ちている悲劇の予感のあらわれなのだろう。決して幸福になれない愛の姿だからこそ、松野志保はきっとボーイズラブを愛してやまないのだ。

実のところ「ボーイズラブ的」といえるような短歌は別に松野が創始したわけではない。美少年同士の耽美な愛の世界という表現であれば、葛原妙子や春日井建といった戦後の前衛短歌の歌人たちに先んじてあらわれている。松野の「ボーイズラブ短歌」の新しいところは、社会的弱者が変革を求めるときの暴力性に美のあり方を見出そうとしている点だろう。松野志保の師にあたる福島泰樹は、若者たちが社会変革を夢みた安保闘争の熱気を短歌に持ち込んで、「歌謡としての短歌」の復権を志した歌人である。福島の短歌や、学生運動に象徴されるような、男性的（ひいて言えば、ホモソーシャル的）な暴力性のあり方への憧れと絶望が、松野志保の「ボーイズラブ短歌」の背後にある。それを象徴するかのように、第一歌集『モイラの裔』には、パレスチナ問題を背景にレジスタンス少年二人の関係を主軸にした「二重夏時間」という連作がある。

戒厳令を報じる紙面に包まれてダリアようこそぼく
らの部屋へ

エルサレムの丘には芥子の花赤く満ちたりいかなる
旗も立てるな

『モイラの裔』

松野志保の短歌は、「暴力の世界」―「非暴力の世界」を男性―女性のアナロジーとして用いていることが特徴的である。決して平和に愛しあうことができない、誰かに逐われながら肩を寄せ合うことしかできないという「暴力の世界」に、魅力を感じているのだろう。

好きな色は青と緑と言うぼくを裏切るように真夏の
生理

もしぼくが男だったらためらわずに凭れた君の肩で
あろうか

『モイラの裔』

また、このように「ぼく」と自称していながら実際は女性であることを示唆する、つまりトランスジェンダー的な歌もみられる。抑圧的な社会規範としての〈性〉を凝視し、そこへの抵抗を表明している。

近年インターネット文化から「ＢＬ短歌」というムーブメントが生まれて有志による同人誌まで出ているが、相聞歌が即異性愛として読まれてしまう短歌のホモフォビアへの抵抗が込められている。「ＢＬ短歌」の先駆、松野志保の短歌にももちろん、そういう思想性はよくあらわれているのである。

松野志保

好きな色は青と緑と言うぼくを裏切るように真夏の生理

純白のグラジオラスを待ち人に　暗号「密会・武装完了」

濃い影を持つことも倒れる様も樹に似てふたり夏草の上

もしぼくが男だったらためらわず凭れた君の肩であろうか

蠍座が燃え落ちそうな夜のこと青い蜜柑の香にまみれつつ

愛ならぬ何かを探した十代のたとえば連弾・空中ブランコ

半欠けの氷砂糖を口うつす刹那互いの眼の中に棲む

身の丈の幸福などは　明け方の路上にチョークの人型ふたつ

ひとりでも生きていけるという口がふたつどちらも口笛は下手

眺めのいい部屋で生まれた恋だから柩に入れるサフランの束

不埒なる望みひとつを抱く日も清き声もて君をあざむく

君去りしのちの暗室　シャーレには不可逆反応進みつつあり

青い花そこより芽吹くと思うまで君の手首に透ける静脈

少女らが歌う鎮魂歌《レクイエム》　ソプラノはもはや我にははるかな高み

『モイラの裔』

松野志保

黒い服ばかり着たがる少女たち「鳩は放たれた。さあ次は火だ」
わが胸に銀の小鳥のブローチが輝く「ご覧よ、心臓はここ」
純粋なままに途絶えよ混じり合うことは決してないぼくと君の血
極東の冬にコートの衿たてて父と子なれど密会と呼ぶ
網膜に赤い花散ってはひらき戦争を知りたい子どもたち
美しいものを見せてよそのためだけに生まれたふたつの水晶体に
兄の名を呼べば真冬の稜線を越えてかえらぬ奔馬と思う
風に吹かれれば鳴るこの胸の鈴いつの日かぼくもさらばと言おう
惜しむのはぼくのみの冬が去りそして花咲くところ地はすべて墓
戒厳令を報じる紙面に包まれてダリアようこそぼくらの部屋へ
真夏日の螺旋階段なかばにて君という鮮烈なダメージ
エルサレムの丘には芥子の花赤く満ちたりいかなる旗も立てるな
前世など信じぬぼくらこの街に釉薬のごとき酸性雨降る
ぼくよりも長く苦しむその胸と思えば白い麻《リネン》で拭う

松野志保

それでは九月　噴水の前でトカレフを返そう花梨のジュースを飲もう
愛さえも救いとならず五月にはたやすく死へとなだれる緑
永遠《とわ》にわが娘であれとかの夏の祝福あるいは呪いの指輪
純血を定義しようとするぼくにふりそそぐステンドグラスの青
たやすくは抱き合うものか鉢植えの蔦を愛してたかが百年
今はただぼくが壊れてゆくさまを少し離れて見つめていてよ
あずまやに君が忘れたキャパ伝は「その青春」「その死」の全二巻
姫君はいばらの中でぼくたちは檻の中でこそ美しくなる
恋をする前に終わろうぼくらこの世紀最後の掟に背き
都市ひとつ火に投げ入れてぼくたちはQED《証明終わり》と記すであろう
いけないことはみんな本から教わったひとつの書架として君を抱く
月光は今も満ちるかぼくたちが愛と憎悪を学んだ部屋に
おそらくは次の世紀もしらじらと明けて未完の軍服図鑑
雑踏を見おろす真昼　銃架ともなり得る君の肩にもたれて

『too young to die』

松野志保

漆黒の眼を持つことも虐殺の理由となるのだろう　その日には
はるかなる地雷原にて霜の花かがやく朝かミルクを沸かす
ぼくは雨　君の外側を流れ落ち皮膚に染みいることも叶わぬ
破船抱く湾のしずけさ心臓のほかに差し出すなにものもなく
国ひとつ潰えゆく夏　兵士ではなく男娼として見届ける
手詰まりのチェス放置してベッドへと雪崩れる僧正《ビショップ》と騎士《ナイト》のように
すこやかに育ちゆく木々そのうちのひとつはぼくの柩となる木
ぼくたちが神の似姿であるための化粧、刺青、ピアス、傷痕
マリア・マグダレナ娼婦であることを悔いた過ちさえも許そう
皮膚うすき手のひらを刺す陶片に記せよ追放したき一人
その皮膚の下に流れる血の色と匂いを知っているよ、水仙《ナルシス》
生殖とかかわりのない愛なども容れてどこへもゆかぬ方舟
亡命者倶楽部まひるま盤上につややかなり討ち死にの黒石
誰と分かつこともなけれど千年の血統ここで絶やす悦び

雪舟えま

宇宙の風に湯ざめしてゆく

誰かに優しくなりたいときのために読む歌人として、雪舟えまはうってつけだ。穂村弘の第三歌集『手紙魔まみ、夏の引越し（ウサギ連れ）』の「まみ」（雪舟えまの本名に由来する）のモデルであることでも知られている。跳ねまわるようにぶっ飛んだ文体のファンレターを穂村のもとに送り続けていたことがインスピレーションを与え、この文学史に残るガーリーなセンスに満ちた歌集が誕生したわけである。

しかし第一歌集『たんぽるぽる』にあらわれている素顔の「まみ」こと雪舟えまは、単純に「少女的」「ガーリー」という言葉ばかりでは括れない。その本質はむしろ、「地母神」に近いのではないかと思う。

目がさめるだけでうれしい　人間がつくったものでは空港がすき

おにぎりをソフトクリームで飲みこんで可能性とはあなたのことだ

人類へある朝傘が降ってきてみんなとっても似合っているわ

世界じゅうのラーメンスープを泳ぎきりすりきれた龍おやすみなさい

『たんぽるぽる』

雪舟えまは、何のてらいもなく「好き」と言う。あらゆるものを肯定し、愛そうとする。その対象はたったひとりの恋人であることもあれば、たくさんの人間であることもあり、ぼくたちが生きているこの世界すべてということもある。この惜しみない他者肯定の向こう側には、とてつもなく深い悲しみや痛みがあるのかもしれない。しかし雪舟えまの歌い上げる愛の歌は、それ自体が心を癒やす暖かさを帯びているかのようだ。

ゆきふね・えま　一九七四年北海道札幌市生まれ。藤女子大学文学部卒業。大学在学中より北海道新聞の松川洋子選歌欄に投稿を始める。一九九七年、歌誌「かばん」入会（二〇一三年退会）。二〇〇九年、「吹けば飛ぶもの」で第五十二回短歌研究新人賞次席。二〇一二年、『タラチネ・ドリーム・マイン』で小説家としてもデビュー。小樽市在住。

こちらが抱えているどんな罪も悪も包み込んで愛してくれるようなパワーは、まるで「母」のようだと思う。就職活動を続ける夫と暮らす日々を描いた連作「吹けばとぶもの」にしても、そこにある視線は妻であると同時に息子を見守る母のようでもある。全肯定するからこその怖さや危うさも、ときには内包しているわけであるが。ちなみに『たんぽるぽる』の表紙カバーは特殊なデザインであり、開くと円形になる。少し目には付きづらいところで、大きな丸が本そのものを包み込んでいたのである。

江東区を初めて地図で見たときのよう　このひとを護らなくては

青森のひとはりんごをみそ汁にいれると聞いてうそでもうれしい

見えますか食べものを出しっぱなしのテーブルあれが北海道です

西荻は青春でしたとめぐがいう　めぐは西荻を守ってたんだ

『たんぽるぽる』

『たんぽるぽる』の冒頭には「札幌市と北広島市、杉並区に。／そして、これから住むすべての場所へ／愛をこめて」という献辞がある。これは雪舟えまがそれまで住んだことのある場所なのだが、「土地」というのが実は雪舟えまの短歌を読むうえでとても重要な要素である。土地と交感し、楽しみ、ときに一体化して睦み合う。しかし決してその土地に埋もれることはなく、故郷すらも旅人のようにしか歩けない。自身のことを「宇宙から来た地球の観光客」と表現するのは、まさに本質を衝いているだろう。

　このような思想は、札幌という近代以降に生まれた都市だからこそ育まれた、全く新しいタイプの土俗性だ。近年の雪舟は東京から北海道小樽市へと移住し、北海道を舞台とした小説にも挑戦を始めている。しかし内容はSF的だったりする。これは「北海道的想像力」としてむしろ自然なことであり、北海道に現代日本文学のフロンティアがあることを予感させてくれる。

『たんぽるぽる』

雪舟えま

目がさめるだけでうれしい　人間がつくったものでは空港がすき
とても私。きましたここへ。とてもここへ。白い帽子を胸にふせ立つ
江東区を初めて地図で見たときのよう　このひとを護らなくては
愛してる東京　アパートの庭木のつるをつかめば一階の秋
東京の道路と寝れば東京に雪ふるだろう札幌のように
ガーゼハンカチに苺の汁しみて　うん、しあわせになるために来た
青森のひとはりんごをみそ汁にいれると聞いてうそでもうれしい
人間をすきじゃないまま死にそうなペット　宇宙の　はるなつあきふゆ
逢うたびにヘレンケラーに［energy］を教えるごとく抱きしめるひと
もう歌は出尽くし僕ら透きとおり宇宙の風に湯ざめしてゆく
その国でわたしは炎と呼ばれてて通貨単位も炎だったのよ
死だと思うアスタリスクがどの電話にもついていて触れない夜
おにぎりをソフトクリームで飲みこんで可能性とはあなたのことだ
寄り弁をやさしく直す箸　きみは何でもできるのにここにいる

雪舟えま

鹿の角は全方角をさすだめな矢印、よろこぶだめな恋人
すきですきで変形しそう帰り道いつもよりていねいに歩きぬ
逢えばくるうこころ逢わなければくるうこころ愛に友だちはいない
全身を濡れてきたひとハンカチで拭いた時間はわたしのものだ
男って妖怪便座アゲッパナシだよね真冬の朝へようこそ
るるるっとおちんちんから顔離す　火星の一軒家に雨がふる
事務員の愛のすべてが零れだすゼムクリップを拾おうとして
かたつむりって炎なんだね春雷があたしを指名するから行くね
人類へある朝傘が降ってきてみんなとっても似合っているわ
真昼のような青い夜空だ　あの人にそうだなおっぱいをあげたいな
傘にうつくしいかたつむりをつけてきみと地球の朝を歩めり
なんてめぐ、しずかに引越してきたのあの初々しいごみをご覧よ
世界じゅうのラーメンスープを泳ぎきりすりきれた龍おやすみなさい
うれいなくたのしく生きよ娘たち熊銀行に鮭をあずけて

雪舟えま

なめらかにちんちんの位置なおした手あなたの過去のすべてがあなた
セックスをするたび水に沈む町があるんだ君はわからなくても
おはじきを水に入れたらおはじき水　ふたつの姓のあいだで遊ぶ
雪の日も小窓を開けてこのひとと光をゆでる暮らしをします
その名前口にするときわたしにはまだ使えない呪文のようだ
小さい林で小林ですというときの白樺林にふみこむ気持ち
夫のことわたしが消えてしまってもほめつづけてね赤いラジオ
ふたりだと職務質問されないね危険なつがいかもしれないのに
カーテンから首だけだして空を見る　交換可能な月とあたまだ
うちで一番いいお茶飲んでおしっこして暖かくして面接ゆきな
「しないならゆびわもらっていきますよ」角に指環がすずなりの鹿
一番の友が夫であることの物陰のない道を帰りぬ
ホットケーキ持たせて夫送りだすホットケーキは涙が拭ける
サイダーの気泡しらしら立ちのぼり静かに日々を讃えつづける

雪舟えま

見えますか食べものを出しっぱなしのテーブルあれが北海道です
両親よ何も怖れず生きなさいニューヨークビッグパフェをおごるわ
冷や飯につめたい卵かけて食べ子どもと呼ばれる戦士であった
ずぶ濡れを悪いこととは思わない街が濡れればおれも濡れるよ
ばあちゃんは屑籠にごみ放るのがうまかった（ばあちゃん期Ⅱ期まで）
西荻は青春でしたとめぐがいう　めぐは西荻を守ってたんだ
目を閉じてこの身にあたるぶんだけを雨とおもえば怖くはないわ
たんぽぽがたんぽるぽるになったよう姓が変わったあとの世界は
ホクレンのマーク、あの木が風にゆれ子どもの頃からずっと眠たい
妹の混じる「友だち」カテゴリをきらめくホタルイカが横切る
たんぽぽの綿毛を吹けばごっそりと欠けて地球の居心地に酔う
海原に住む民のようキスをして雑誌をかもめのようにひろげて
すきなひとに干してもらえた下着たち来世はきっと梨になれるよ
処女による処女のためなるパンケーキショップ曇りの日のみ営業

『たんぽるぽる拾遺』

笹公人
十万馬力で宿題は明日

ささ・きみひと　一九七五年東京都生まれ。一九九九年「未来」短歌会に入会、岡井隆に師事。二〇〇三年、第一歌集『念力家族』を刊行。二〇〇四年、「未来」年間賞受賞。二〇一二年、「未来」選者に就任。二〇一五年、NHKEテレで「念力家族」が連続ドラマ化される。著書、連載多数。

短歌を読み始めた頃、歌集が書店に平積みになっていて手に取った。それが笹公人の第一歌集『念力家族』だった。珍しい判型と一頁一首組みの大胆なレイアウト、シュールなイラスト。やっぱり短歌ってやりたい放題でおもしれーやと思えた。

この『念力家族』は、「と学会」のメンバー皆神龍太郎によって『トンデモ本の世界』に取り上げられて注目を浴びたという、一風変わった経歴を持つ。そのおかげで部数が伸び、ぼくも手にすることが出来たのだった。短歌の原点は寺山修司。それも初期の青春歌人としての姿ではなく、『田園に死す』のドロドロした土俗的怪奇ワールドを展開する寺山修司だ。それに昭和のジュブナイルSF小説やSFドラマ、漫画やアニメの世界観をベタ塗りにして混ぜ合わせるようにした結果、奇妙でねじくれているのだけれどなぜか明るさをまとった、ギャグ漫画のような独特の短歌ワールドが生まれたのである。

注射針曲がりてとまどう医者を見る念力少女の笑顔まぶしく

シャンプーの髪をアトムにする弟　十万馬力で宿題は明日

落ちてくる黒板消しを宙に止め3年C組念力先生

『念力家族』

『念力家族』は超能力が日常化している世界の家族や学校といった舞台が背景になっており、マジック・リアリズム的な要素を持ち込んでいる。しかし古い漫画やドラマの「お約束」表現やパロディを多用するため、世界観はどうにもチープになる。そのチープさは笑いを誘い、読者を不思議な安心へと導く。寺山修司が故郷への憎悪を原動力として『田園に死す』を作りあげたのとは対照的に、笹公人は徹底的にフィクションによるノスタルジーという手法で安穏を与えようとつとめる。それにはどういう意図があるのか。

第三歌集『抒情の奇妙な冒険』は、早川書房からハヤカワSFシリーズの一巻として刊行された（早川書房から歌集が出るのは、後にも先にもこれ一冊なのではないか）。これは一九七五年生まれの笹が、一九六〇年前後生まれの四十代半ばの人間を「主人公」に設定して短歌を詠むという試みがなされている。もっともこれ以前から、笹は実年齢よりもはるかに上の世代が消費してきた文化を素材としてきている（寺山修司だってその一つだ）。

東京に負けた五郎の帰り来て大工町の名はまた保たれる

看板の飛び出し坊やが永遠に轢かれ続ける琵琶湖のほとり

ユリ・ゲラーのサイン付きたるスプーンは抽斗の闇に曲がり続ける

『抒情の奇妙な冒険』

『念力家族』『念力図鑑』の聖書サイズの判型や、一頁一首で一行九字の三〜四行表記、イラスト付きといったレイアウトは、北原白秋『桐の花』の初版本を真似たものである。ここまで徹底されると単なる懐古趣味でも、知識のひけらかしでもないことがわかる。笹公人の短歌の奥底にあるのは、現代への絶望である。日本文化の「美」は昭和までにすでに完成され尽くされてしまった。その後の空虚な時代をただひたすらに生きていかなければならないのが我々なのだ、という思いなのである。彼の短歌には「続く」「残る」「終わらない」という表現が繰り返される。どこまでもチープで、皮相的な笑いに満ちた笹ワールド。ただ大口を開けて笑うのもまた一興だろう。しかしそのおどけた表情の向こう側に隠れた乾いた涙を、歌の裏側に読み取っていけばさらに面白い世界が広がってゆく。現代短歌の道化師、笹公人の実力は、まだまだ底知れない。

笹公人

注射針曲がりてとまどう医者を見る念力少女の笑顔まぶしく

憧れの山田先輩念写して微笑《ほほえ》む春の妹無垢《むく》なり

シャンプーの髪をアトムにする弟　十万馬力で宿題は明日

見当たらぬ祖母の入れ歯は弟の自作人形の歯となっており

「百年ぶり、変わったねぇ」と交わしあう前世同窓会の会場

校庭にわれの描きし地上絵を気づく者なく続く朝礼

落ちてくる黒板消しを宙に止め3年C組念力先生

ガス自殺図る女を救いたる野球部員のホームランボール

「ドラえもんがどこかにいる！」と子供らのさざめく車内に大山のぶ代

マンモスの死体をよいしょ引きずった時代の記憶をくすぐる綱引き

腹話術人形を持つ転入生紹介する教師震えていたり

恐山《おそれざん》のイタコに憑《かか》るナポレオンは青森弁の素朴な男

少年時友とつくりし秘密基地ふと訪ぬれば友が住みおり

むかし野に帰した犬と再会す嚙《か》まれてもなお愛《いと》しいおまえ

『念力家族』

笹公人

「姫の役やりたい人はいませんね」決めつけられて秋の教室
うっとりと「別れの曲」を弾いている男子生徒の背を椅子《いす》にして
胴上げをされた男が目撃するアパート二階の殺人事件
Gパンを穿《は》きたる祖父に実写版鉄腕アトムのような哀《かな》しみ
中央線に揺られる少女の精神外傷《トラウマ》をバターのように溶かせ夕焼け
すさまじき腋臭《わきが》の少女あらわれて部屋の般若《はんにゃ》の面が割れたり
すさまじき腋臭の少女あらわれて第三の目に痛み走れり
すさまじき腋臭の少女あらわれて祖母から母へわたる竹やり
弟のポテトこっそり抜き取ればJOKERと細く書かれてありき
公園の鳩爺逝けば世話をした無数の鳩に天《そら》に運ばれ
十二人家族のつくる納豆の大ドンブリのねばりを思え
アステカの生贄のごと屋上で仰向けになり空を凝視す
メールでは加藤あい似のはずだった少女と寒さを分かつ夕暮れ
修学旅行で眼鏡をはずした中村は美少女でした。それで、それだけ

『念力図鑑』

笹公人

悪魔ノ目ヤッツケル！と言い信号に槍を撃ちこむカムニの微熱
飛んでくるチョークを白い薔薇に変え眠り続ける貴女はレイコ
自転車で八百屋の棚に突っ込んだあの夏の日よ　緑まみれの
今宵祖父の命日なればまぼろしの暴れ馬いま部屋をよぎれり
談話室滝沢の女店員はみな未亡人というはまことか
信長の愛用の茶器壊したるほどのピンチと言えばわかるか
浜辺には力道山の脱ぎ捨てしタイツのようなわかめ盛られて
大きなる毬藻《まりも》が湯舟に浮いている「道産子銭湯」二度と行くまい
校長の無心念仏　金髪の生徒の髪が抜けてゆくなり
校長の無心念仏　50点以下の答案赤紙となる
校長の無心念仏　教師Nのテレクラ会員証空に舞う
東京に負けた五郎の帰り来て大工町の名はまた保たれる
三億円の話をすると目をそらす国分寺「喫茶BON」のマスター
泣き濡れてジャミラのように溶けてゆく母を見ていた十五歳《じゅうご》の夜に

『抒情の奇妙な冒険』

笹公人

看板の飛び出し坊やが永遠に轢かれ続ける琵琶湖のほとり

ユリ・ゲラーのサイン付きたるスプーンは抽斗の闇に曲がり続ける

「みかん箱」なる芸名候補を見たときの二人の乙女のピンチを思え

「八つ墓村」出演オファーを断りいるきんさんぎんさん声を揃えて

えんぴつで書かれた「おしん」の三文字にベータのテープを抱きしめており

ごろ寝するニートの上で燃えあがる「はたらくおじさん」の熱気球

何時まで放課後だろう　春の夜の水田《みずた》に揺れるジャスコの灯り

「大霊界」のパンフ求めて祖父《おおちち》が四つ折りの五百円札を広げたり

夕焼けの鎌倉走る　サイドミラーに映る落武者見ないふりして

ラッセンの絵を買わされし同朋《はらから》の自動車工場にしたたる汗は

五十余年守り抜かれし「うな八」の秘伝のタレに育つ雑菌

小惑星爆発の図を念じつつ尿路結石ひとつ滅せり

ふりむけば女性万引きGメンのサンバイザーに映る冬薔薇

天井まで「少年ジャンプ」積んでいた小坂の部屋から見えた夕焼け

『念力ろまん』

今橋愛

めをつむる。あまい。　そこにいたとき。

いまはし・あい　一九七六年大阪府大阪市生まれ。京都精華大学人文学部卒業。在学中に岡井隆の講義を受け、二十三歳のときに作歌開始。二〇〇二年、「O脚の膝」で北溟短歌賞受賞。「未来」短歌会所属。歌誌「sai」や雪舟えまとの二人誌「snell」でも活動。

今橋愛は、現代口語短歌の中でもかなりの異端に属する歌人だろう。二〇〇二年に一回だけ開かれた「北溟短歌賞」を、選考委員の穂村弘に激賞されて受賞した。現代短歌ではほぼ禁じ手とされがちな、多行書きや散らし書きを採用する。ひらがなを多用しての、生々しい女性のしゃべり言葉を基本的な文体とする。いずれも現代短歌のスタンダードからはかけ離れている。同じように散らし書きを用いていた釈迢空や會津八一の流れを踏襲しているわけでもないし、むしろ現代詩の文法に近いところで書いている。

そこにいるときすこしさみしそうなとき
　めをつむる。あまい。そこにいたとき。

濃い。これはなんなんアボガド？

しらないものこわいといつもいつもいうのに

過去にだれともであわないでよ
若いきすしないでよ
今　産まれてきてよ

『O脚の膝』

情報の欠落が激しく、余白の多い文体。ときおりドリーミーな空気感を帯びるが、隠喩を多用しない。本質的には、日常的な情景を詠むことを志向する歌人である。大阪弁が混じることもあり、まるで押し殺した肉声の独り言のように歌が響いてくる。これは紛れもなく、都市に暮らすリアルな生活者の歌なのである。

おめんとか
具体的には日焼け止め

へやをでることはなにかつけること
もちあげたりもどされたりするふとももがみえる
せんぷうき
強でまわってる

つかいおえるまでこのへやにいるかしら
三十枚入りすみれこっとん
『O脚の膝』

しかし今橋愛の場合、生活世界に対するカメラアイの置き方が少し変わっている。まるで浮遊して自分の部屋を俯瞰しているような視点を導入することがある。これが日常に対する距離感を生み、奇妙なドリーミーさを与える要素にもなっているのだろう。

現代歌人たちが小倉百人一首を新釈して本歌取りの歌を作るというアンソロジー『トリビュート百人一首』にて今橋愛は、素性法師の有名な歌「今来むといひしばかりに長月の有明の月を待ち出づるかな」をこのように訳している。

ぼくもです。と
きみからメールが来て
わたし
こころだけになって
ずっとまってた

今橋愛のたゆたうような韻律感覚や微温的な言語センス、そして自己を過剰に表現しようとしない精神性は、実は近代短歌よりも古典和歌の方に近い。だから近現代短歌の読解法が合わず、異端のように感じることがある。しかし今橋愛のような方法論も紛れもなく、短歌の一潮流としてずっとあり続けていたものだった。

しゃべり言葉の響きを音楽的に楽しむ。ひらがなと余白の多いやわらかな字面を美術的に楽しむ。そういう精神がかつての和歌にはあった。しかし現代ではかつての「本流」がアバンギャルドにみなされることすらあり、今橋愛は「近代短歌」と闘い続ける方法論をとっているのだ。

『O脚の膝』

今橋愛

そこにいるときすこしさみしそうなとき
めをつむる。あまい。そこにいたとき。
ゆれているうすむらさきがこんなにもすべてのことをゆるしてくれる

びーるのんでるの?
びーるのもう
来週のきょういまごろ
今。かまけてしあわせ

わかるとこに
かぎおいといて
　ゆめですか
わたしはわたし
あなたのものだ

濃い。これはなんなんアボガド?
しらないものこわいといつもいつもいうのに

今橋愛

やわらかくこころがゆれてるふりをして
紅茶の味がわかりません

そのくちはなみだとどくをすいこんでそれでもかしこい金魚でしょうか

おめんとか
具体的には日焼け止め
へやをでることはなにかつけること

くもがねー
ちぎれて足跡のようだよ。
こんとんをどけたあとがみたいの。

きのう家。
軽くこわれて　かあさんは
こんな日にだけ　むらさきのしゃどうを
まいちゃんのたてぶえなめたかさいくん
谷町線でぐうぐうねてた

ちからなくさしだす舌でだらしないのがみたいんです今みたいんです
もちあげたりもどされたりするふとももがみえる
せんぷうき
強でまわってる

過去にだれともであわないでよ
若いきすしないでよ
今　産まれてきてよ

「水菜買いにきた」
三時間高速をとばしてこのへやに
みずな
かいに。

すうっとするためだけになめたあめだまのように生きていきそう
こわいよ。

つかいおえるまでこのへやにいるかしら
三十枚入りすみれこっとん

今橋愛

今橋愛

手でぴゃっぴゃっ
たましいに水かけてやって
「すずしい」とこえ出させてやりたい

すれすれで海にはおちない
つかえる。って
かくしんできる
羽根をおもいます

たくさんのおんなのひとがいるなかで
わたしをみつけてくれてありがとう

すばらしいアンデルセンもエジソンもぼくも
がっこうに行ったりしない

しろいほねみたいにみえるさくらです
てらされてここはうつつでしょうか

『星か花を』

今橋愛

せ、せ、せかい
素手で　すっぴんで
そのままでさわりたいです
げつようのあさ

「マユリーはくじゃくのいみです
あいさんは？」
おもわず　はねを　ひろげてました

かんたんに「原ばくおとす」とかいうな
わらうな
マユリーをつれて帰るな

星か花をたべてるみたい
すきだった　遠いおとことでんわではなす

今橋愛

いま　まお　と
ちいさくないたの
わたくしのなにかか
それとも　おもての　ねこか

アンアンの星占いで　れんあいのところを見なくてすむの　うれしい

うつくしい　かーぺっとなどにかこまれて
友だちが告げるある日のちゅうぜつ

とりにくのような　せっけんつかってる
わたしのくらしは　えいがにならない

あのふゆに　あのひととみた　あの花は　きれいだったな　甘やかされて

なにもかもがゆめみたいだねー
そうかゆめか
それでがてんがいった
わかった

コラム

現代の歌人はどんな短歌に影響を受けてきたの？

現代短歌シーンに最大の影響を与えているのは間違いなく穂村弘（一九六二〜）だ。一九九〇年に『シンジケート』でデビューし、「ニューウェーブ短歌」の旗手として活躍した。二〇〇一年にエッセイ集『世界音痴』を刊行してからはエッセイストとしても人気を博し、「文藝」でも特集を組まれるなど文壇全般で名前が浸透する稀有な歌人となった。若手歌人にも、穂村弘のエッセイがきっかけで短歌を知ったという者が少なくない。明確な評価軸を持った明晰な批評家でもあり、若手歌人たちの評価にも多大な影響を及ぼしている。永井祐、五島諭、今橋愛などをいち早く見出だし、エッセイや評論などで紹介したことで彼らの評価が定まっていった。穂村弘の立ち位置はお笑いにたとえるならばダウンタウンに近い。師弟制度や演芸界のしきたりから自由な地点で登場し、デビュー時には上の世代からなかなか理解をされなかったが、同世代以降からは熱狂的に支持された。オーバージャンル的な活動を見せ、批評家としての眼力にも信頼を置かれている点が似通っている。

加藤治郎（一九五九〜）も「ニューウェーブ短歌」の旗手の一人で、穂村弘とも長い盟友関係にある。穂村と異なる点はアララギ系の短歌結社「未来」の選者であり、弟子を多く持っていること。笹井宏之、野口あや子、柳澤美晴、天道なおなどが加藤に師事した。若手歌人が経済的事情から自費出版による歌集デビューを果たせないことへの危機感を長年表明しており、オンデマンド出版によるレーベル「ブックパーク」を立ち上げて斉藤斎藤、松木秀、永井祐などの第一歌集を出版させた。近年は福岡県の出版社・書肆侃侃房から「新鋭歌人シリーズ」を立ち上げ、木下龍也や岡野大嗣などといった若手たちのデビューを後押ししている。穂村弘同様にお笑いにたとえてみれば、師弟制度の残る演芸の流れを引き継いだところから登場しつつも、新しい感覚を持った才能を引き立てることに熱心であり続けた島田紳助のような存在だろうか。

『サラダ記念日』で未曾有のブームを起こした俵万智（一九六二〜）は現代口語短歌の方法論を一般に浸透させたエポックとして評価を受けているが、現在の若手歌人への影響は意外と少ない。口語の方法論があまりに当たり前になったため、その真価が逆に理解されなくなってしまった。東京の流行を反映させた斬新な芸風や多くの新語を考案しながら、ほとんどがそのまま定着してしまったために評価され辛くなったとんねるずに少し似ている。しかし長いスパンで考えると、現代歌人で百年後も残っているといえる歌人は俵万智と穂村弘だろう。他の女性歌人では東直子（一九六三〜）が、童話的世界観を取り入れたやわらかな口語短歌で、同世代の歌人たちと比べて登場は遅かったもののしだいに後続への影響を強めるようになっていった。

「かんたん短歌」「特殊歌人」を標榜し、歌壇への挑戦的態度を鮮明にしながら九〇年代半ばに登場した枡野浩一（一九六八〜）も、「発見」による驚きとユーモアを重視する完全口語短歌で数多くのフォロワーを生み出した。十代後半から作歌を始め、八〇年代末にはすでにその作風を完成させていた。「ニューウェーブ短歌」の歌人たちとはほぼ同期なのだが、本格的な登場までには時間がかかった。

「京大短歌」出身で、異例の若さで短歌結社「塔」の主宰となった吉川宏志（一九六九〜）も、若手への影響力が大きい歌人である。オーバージャンル的な活動がほぼないため歌壇以外での知名度は高いとはいえないが、高い観察力を生かした叙情的なリアリズムを平易な文体で表現する技巧性を高く評価されている。アララギ系短歌結社のエリートとして早くから将来を嘱望されてきた出自から保守的なイメージを持たれがちだが、木下龍也などインターネット・コミュニティ出身の歌人の中にも影響を公言している者がいる。穂村弘や俵万智、枡野浩一らは現代短歌の「ポップ・ミュージック」的な部分を担い、入り口として新しい層を引き入れてきたが、その次に来る扉として吉川宏志は是非とも勧めたい歌人である。

岡崎裕美子
したあとの朝日はだるい

おかざき・ゆみこ　一九七六年山形県生まれ。日本大学芸術学部文芸学科卒業。在学中に岡井隆の短歌教室に通い始める。一九九八年、NHK全国短歌大会「若い世代賞」受賞。一九九九年、「未来」短歌会入会、岡井隆に師事。二〇〇一年、「未来」年間賞受賞。

実はセックスをテーマとした短歌は多い。それも女性歌人に。「性愛短歌」と呼ばれてジャンル化すらしている（「性愛」というのも文芸批評の文脈くらいでしか用いられない不思議な言葉だが）。そもそも与謝野晶子が女性の身体を主体的に詠むことをもって近代の女性短歌は始まりを告げているので、当然といえば当然なのだろう。戦後短歌の黎明を告げたのも、離婚と乳がん闘病の経験を詠んだ早逝の歌人、中城ふみ子だ。

もちろん女性がセックスを詠むときそこに立ち現れるのは、男性の視線に寄り添ったポルノグラフィカルなものではない（官能小説のような純粋なポルノを短歌で実行するのは不可能に近いだろう）。社会的に視線の「客体」にされがちな女性の身体を、「主体」として描き出そうとする思想だ。

岡崎裕美子は性愛短歌を得意とする女性歌人の一人であるが、「愛の薄い身体だけのセックス」というモチーフが頻出する。愛欲や快楽といったものは徹底的に消去し、身体そのものと向き合って詠もうとする。その結果として、「からっぽ」というキーワードが浮上してくる。

年下も外国人も知らないでこのまま朽ちてゆくのか、からだ

絶え間なく抱かれ続けるわたくしのからだではもうなくなってしまう

いずれ産む私のからだ今のうちいろんなかたちの針刺しておく

こじあけてみたらからっぽだったわれ　飛び散らないから轢いちゃえよ電車

なんとなくみだらな暮らしをしておりぬわれは単な

る容れ物として　『発芽』

第一歌集『発芽』にはこのように、自分の身体がいかに中身のない空虚なもので、男性のいいようにされているかということを自嘲的に詠んだ歌があふれている。なぜこれほどまでに生々しく性と身体を歌おうとするのか。それは、「停滞」の予感からだ。二人だけの世界として恋愛があり、その先に同棲や結婚があって恋愛が社会的な意味をはらんでゆくという「物語」を、岡崎裕美子は信じていない。「いずれ産む私のからだ」と歌っていながら、出産や育児のリアリティも持ってはいない。ただ、ひたすら未来の見えない「停滞」でしかない恋愛が目の前にあり、その一方で身体だけは確実に年齢を重ねてゆく。そのギャップに引き裂かれる心を、短歌というかたちで解き放つことで、「物語」の否定に意味を与えようとしている。

あたし猫　猫だよ抱いて地下鉄で迷子になっても振り返っちゃだめ

したあとの朝日はだるい　自転車に撤去予告の赤紙は揺れ

初めてのものが嫌いな君だから手をつけられた私を食べる

何もかも経験済みって顔ねまだやわらかい歯ブラシ使ってるくせに　『発芽』

師の岡井隆によると、「未来」に入会して間もない頃から性愛をいたってカジュアルに詠む作風で周囲に驚きを与えていたそうだ。もっとも、軽いタッチでセックスをテーマにする程度のことは、あらゆる表現形式がとうに通過している。短歌が少し遅れているだけだ。ただ普通に恋愛をしているだけで、なぜ女性ばかりが「傷ついた存在」にならなくてはいけないのか。体だけのセックスをすることでなぜ、女性にのみ「自傷行為」の匂いがまとわりついてくるのか。そういった、ごくまっとうな問いがセックスという題材から引き出されてくる。本当にからっぽなのは「私のからだ」ではなく、この世界そのものなのかもしれない。

岡崎裕美子

羽根なんか生えてないのに吾を撫で「広げてごらん」とやさしげに言う
「無印良品」みたいに生きる　とどうしても堤の顔がちらついてくる
蜜よりももっとどろどろした時間確かめもせず君を味わう
年下も外国人も知らないでこのまま朽ちてゆくのか、からだ
飛べぬよう（あなたがかけて）やわらかい魔法じゃなくて鉄の鎖を
あたし猫　猫だよ抱いて地下鉄で迷子になっても振り返っちゃだめ
したあとの朝日はだるい　自転車に撤去予告の赤紙は揺れ
無防備な発言が効いた　浴槽でいいと言われた指先を見る
二時間で脱がされるのに着てしまうワンピースかな電車が青い
絶え間なく抱かれ続けるわたくしのからだではもうなくなってしまう
冷蔵庫では何が冷えびえとしてるんだろ　覗くとき黒い腕に捕まる
いずれ産む私のからだ今のうちいろんなかたちの針刺しておく
それなのにだんだん濡れてくるからだ割れた果実がにじむみたいに
焼けだされた兄妹みたいに渋谷まで歩く　あなたの背中しか見ない

『発芽』

岡崎裕美子

今朝のいちごジャムのいちごが唇にまだくっついているような言い訳

みぎ耳に君の時計がくっついて音がするからそれもはずして

こじあけてみたらからっぽだったわれ　飛び散らないから轢いちゃえよ電車

体などくれてやるから君の持つ愛と名の付く全てをよこせ

豆腐屋が不安を売りに来りけり殴られてまた好きだと思う

未完成な魂を持つ僕たちは小鳥のさえずりにも驚いて

洗剤まみれの爪ぎらぎらと溶けだして散々な目に遭いたくている

本当にサンマだろうか銀色に光っているよ刃物みたいに

はい、あたし生まれ変わったら君になりたいくらいに君が好きです。

垂れ髪をなびかせている環七の煙雨が少し　呪文みたいだ

バス停の処女光らせる酷暑かな目茶苦茶な角度だ転げ回る車輪

見つめあってするのが好きになっている　キセル乗車の数だけ会った

三叉路というテーゼゆえ走らねばわざとコインをばら撒きながら

通夜のあと告別式の時間まで転がって読む岡崎京子

岡崎裕美子

初めてのものが嫌いな君だから手をつけられた私を食べる
ああ負けた君をストラディバリウスのごと丁寧に扱っている
その人を愛しているのか問われぬようごくごくごく水、水ばかり飲む
こんなにも歳が離れているの嫌　きっとあなたが先に逝くから
甘い酒ばっかり飲んでいる人のキスを振りほどいたら満月
汗染みの腋の下まで愛されて両生類のように自由だ
少女ゆえ恥じらうというセオリーを壊したくって目をあけていた
ひげ剃りのあとのミントの君の匂いもうすぐ夏が来るって匂い
ふわふわの髪の毛だねってなでてやる自転車を盗まれっぱなしの君だ
子どもが子を産みっぱなしで忙しい田舎　列車に乗り遅れたり
同級生の家は売られて新しきマウンテンバイク並んでおりぬ
いっせいに鳩が飛び立つシグナルの青　あの部屋にブラウスを取りに
なんとなくみだらな暮らしをしておりぬわれは単なる容れ物として
油断してうしろからしてしまいたり　顔を見ようと思ってたのに

岡崎裕美子

受話器置けばクリーム溢れてくるようなあなたの声に溶けたくなった

何もかも経験済みって顔ねまだやわらかい歯ブラシ使ってるくせに

もう彼はわたしの男　マフラーを蝶のかたちに結んでやれば

さいあくだあと吐くように鳴るシャッターを下ろすもうすぐ川を越えるの

泣きそうなわたくしのためベッドではいつもあなたが海のまねする

膝と膝をぶつけ合ってる浴槽は室内楽だ世界でいうと

待ちあわせの駅を「快速」「各停」に振り分けている　人柄に合わせて

抱き合って眠れば夢が深くなる　ぶどうの発芽くらいの熱で

浴室を真っ暗闇にして遊ぶ　ほら羊水に守られてるよ

母を捨て妹を捨て君を捨て捨てるあそびに夢中です、わたし

三つある斧から君は絶対に金色のやつを選ぶから好き

Yの字の我の宇宙を見せている　立ったままする快楽がある

国道を二人で歩いてその時に終わらせたのだ声も遠くて

新しい街に住むこと決めながら決められぬことのいくつか思う

兵庫ユカ

痛いかどうかはじぶんで決める

「言葉が心に突き刺さる」という感覚は誰もが覚えたことがあるだろう。その他にも鈍器状のもので殴られる感覚、掘り起こされてえぐられる感覚、暖かく包み込む感覚など多種多様なものを感知できることが言語感覚の鋭敏さなのであるが、やはり「突き刺さる感覚」はどんな人間にとっても鮮烈だ。そして言葉の刃の鋭さという点では現代短歌随一ではないかと思っているのが、兵庫ユカである。

遠くまで聞こえる迷子アナウンス　ひとの名前が痛いゆうぐれ

どの犬も目を合わせないこれまでもすきなだけではだめだったから

一羽ずつ立つ白い鳥真っ白い鳥せかいいちさみしい点呼

求めても今求めてもでもいつかわたしのことを外野って言う

『七月の心臓』

ひょうご・ゆか　一九七六年生まれ。二〇〇〇年に作歌を開始し、メーリングリスト「ラエティティア」に参加。二〇〇三年、「七月の心臓」で第二回歌葉新人賞次席。二〇〇六年、第一歌集『七月の心臓』を刊行。

兵庫ユカは、加藤治郎・荻原裕幸・穂村弘が選考委員を務めた歌葉新人賞という賞の第二回で次席に選ばれてデビューした。しかし同期の受賞者である斉藤斎藤と比べると、その後短歌雑誌などに作品が発表される機会に恵まれていない。ちょっと過小評価されすぎではないかと思っている。だから「現代詩手帖」で現代短歌特集が組まれたとき、最先端にいる歌人のひとりとしてこの兵庫ユカを推薦した。「自分の居場所がない」という自己疎外感をここまで鋭く研いだ言葉にできている歌人はそうそういない。それでいてその自己疎外感に、被害者意識が薄い。「なんで私ばっかりがこんな目に」「私は何も悪くない」といった姿勢をみせられてしまうと、いくら鋭い言葉のセンスが感じられてもいささか興ざめしてしまうものだけれど、兵庫ユカは絶妙なバランスでそれを回避してくる。乾きすぎてもおらず、湿りすぎてもいない、絶妙な水分を含んだ白いガーゼのような歌。それが兵庫ユカの短歌だ。

まよなかのメロンは苦い　さみしさをことばにすれば暴力となる

すきという嘘はつかない裸足でも裸でもこの孤塁を守る

でもこれはわたしの喉だ赤いけど痛いかどうかはじぶんで決める

きっと血のように栞を垂らしてるあなたに貸したままのあの本

『七月の心臓』

「痛いかどうかはじぶんで決める」は、作歌姿勢をよくあらわしている稀代の名マニフェストだ。自分の身体、感情、記憶。そういったものを本当に知覚し、認識できているのは、自分しかいない。その認識そのものが幻想ではないとは言い切れないかもしれない。しかし、それでも信じる。「痛いかどうかはじぶんで決める」感覚を。だって、自分の身体なんだから。

　一行ですっくと立つ短歌の詩形そのものと、兵庫ユカの姿勢は一致している。感情をそのまま他者に垂れ流すことは暴力にだってなるだろう。自分だけが弱者で敗者だという感情を周囲に振りまくことは、ときに腐臭しかもたらさないだろう。しかし人間はそういった感情を捨てられない。捨てられないからこそ、兵庫ユカは自らの足で立ち、自らの感覚に正直であり続け、自らの言葉で歌を紡ごうとしている。兵庫ユカの短歌の向こうには、逆光に染め上げられながら太陽に向かって立っていようとする凜とした女性の影が見えてくる。兵庫ユカの短歌は、勇気の歌だ。だから現状に迷っている、不安を持っているという人ほど響く言葉が紡がれている。「痛いかどうかはじぶんで決める」。この一節のおかげで、自分の感じた痛みや辛さに対して、随分とポジティブになれた気がする。だって自分のことを自分で決める自由が、自分にはあるんだから。

『七月の心臓』

兵庫ユカ

オルガンが売られたあとの教会に春は溜まったままなのだろう

満ち欠けることもなくなる宝塚ファミリーランドが閉園になる

遠くまで聞こえる迷子アナウンス　ひとの名前が痛いゆうぐれ

きっかけは膝の砂粒　生きているあいだに星にされるのはいや

ポップコーンこぼれるみたい　簡単に無理だって言う絶対に言う

あおぞらに溶けないように薄い羽動かしている最後の桜

さみしさがどこかにあってあのひとも故意に樹齢を数え間違う

なまぐさいものを排して友だちの語彙　紫陽花の沈む中庭

タウンページに腕を挿んだ状態で（探してたもの、あった）めざめた

虹だったことを認めてほんとうの軌跡について話してほしい

穂を垂らすかたちわたしの幾つもの体言止めのけだるい実り

どの犬も目を合わせないこれまでもすきなだけではだめだったから

いいえ　って言ったからにはいまよりも青くなるしかない青い花

使い方だれもしらないこの星に何巡目かのジョーカーが来た

兵庫ユカ

一羽ずつ立つ白い鳥真っ白い鳥せかいいちさみしい点呼

砂時計打ち砕いたら砂まみれわたしがいてもいい場所はない

代名詞ゆえのさみしさ友だちと月のパルコでまちあわせして

鳩尾に電話をのせて待っている水なのかふねなのかおまえは

ナイフなど持ち慣れてない友だちに切られた傷の緑、真緑

使い方まちがわれてる駒のようだれもわたしと目を合わせない

つかってはいけない周波数があり迂回する夜こえのやりとり

植木鉢抱えて生きる　友だちでいるというこの土だけの鉢

ベランダは金木犀に洗われてどこまでも夜を漂う小舟

たいくつでさみしい大義　星だって光る理由を稀にわすれる

人形が川を流れていきました約束だからみたいな顔で

敢えて「僕」のさみしさを言う　雪の日にどこかへ向かうレントゲンバス

求めても今求めてもでもいつかわたしのことを外野って言う

ほころびてゆくだけだからおとなでもさいしょの音をいつもこわがる

兵庫ユカ

水槽を割って魔法を解いた　もう因果関係のない胸と空

ほんとうをひかりでつつむ比喩でしかあなたにちかづくことはできない

あのひとににていないひとたちの群れ　かわいそう　まだ往路の五月

まよなかのメロンは苦い　さみしさをことばにすれば暴力となる

すきという嘘はつかない裸足でも裸でもこの孤塁を守る

すきだったひとを見かけた変わらない骨変わらない透明な軸

去り方の理想を言えばしばらくはあおみどりいろの湖面を揺らす

うたがったままで聞いてね暗いほど言葉は響くような気がする

手応えでだめだとわかるクローゼットの扉のレールのわずかな歪み

症状を用紙に記す「できるだけ詳しく」って、この二行の幅に？

防腐剤無添加ですが腐ってもいます冷蔵庫って風が冷たい

七月の心臓としてアボカドの種がちいさなカップで光る

獰猛なとこもかわいいこの家のコーヒーミルはどことなく栗鼠

正しいね正しいねってそれぞれの地図を広げて見ているふたり

兵庫ユカ

花束を庇って歩く雑踏のわかれわかれの予行演習

折ればより青くなるからセロファンで青い鶴折る無言のふたり

でもこれはわたしの喉だ赤いけど痛いかどうかはじぶんで決める

オルゴールの銀色の櫛指で押す　力　わたしを黙らせるとき

自転車を盗まれたことないひとの語彙ＣＤがくるくる回る

誰からの施しかだけ確かめて携帯電話を片手で畳む

ベーコンが次々跳んでわたしではないひとになることができない

ラベンダーオイルの茶色　無自覚に憐れむことの歪《ひず》みのような

桁数がどんどん増えてもう声をころせないもう勝ち負けはいい

きっと血のように栞を垂らしてるあなたに貸したままのあの本

花火ってひらくばっかり剥き出しのただたくさんの副詞となって

あのバスの前の前では原付で夏が右折の順番を待つ

虹の根を掘り出す重機駅前にどんな光も残さないよう

友だちでいてほしかったあのひとの売り言葉から光がきえる

内山晶太
ひよこ鑑定士という選択肢

内山晶太は十五歳で短歌を作り始め、二十一歳で短歌現代新人賞を受賞してデビューしたという早熟な歌人である。しかし三十代半ばで出した第一歌集『窓、その他』には二十代半ば以降の歌のみを収めており、新人賞受賞作である「風の余韻」すらも収録していない。ブレイクのきっかけになったシングル曲をアルバムから落とすようなものなのだから異色の姿勢だが、それだけに彼の作歌スタイルを端的にあらわしている。たとえ一度他人に認めてもらったものであろうが、「過剰」にあふれる若書きの青春性を否定して、「抑制」された日常に満ちている抒情性を志向しているのだ。

口のなかに苺の種のよみがえるくもれる午後の臨海にいて

ペイズリー柄のネクタイひとつもなく三十代は中盤に入る

ひよこ鑑定士という選択肢ひらめきて夜の国道を考えあるく

『窓、その他』

内山晶太が短歌の中に描く人物は、具体的にどこに住んでいてどういう職業でどういう生活を送っているのかはっきりしない。おそらくは、自分の現状に不満を持ちながらも労働者としての日々を打ち切れないで迷い続けている、どこにでもいるようないたって匿名的な都市生活者である。そしてそれだからこそ、最後まで主役になれないまま迎えてゆく青春の終わりを感じて、思うままにならない人生の苦さを噛み締めている、そんな無数の匿名者の押し殺した声に近づいてゆく。自分がこの世界の主役であることを信じて「過剰」に走ることができない。そんな含羞が、内山の短歌を

うちやま・しょうた　一九七七年千葉県生まれ。一九九二年作歌を開始。一九九八年、「風の余韻」で第十三回短歌現代新人賞受賞。二〇一三年、第一歌集『窓、その他』で第五十七回現代歌人協会賞受賞。「短歌人」「pool」同人。

構成している。

コンビニに買うおにぎりを吟味せりかなしみはただの速度にすぎず

消費期限十日あまりを過ぎ去りし完璧なるエクレアを捨てたり

日雇いアルバイトの指先がひとつずつケーキに苺を置いてゆく夜

『窓、その他』

飲食の歌が多い（そして食材はおおかたB級的でありお世辞にも美味しそうとはあまり思えない）のも、都市生活者の日常を描写することへの執着の強さのせいだろう。自分が世界の脇役でしかないことへの自覚は、決して怨嗟や自虐やルサンチマンといった方向には向かわない。負のエネルギーをその身の内に徹底的に抱え込んで、「抑制」することに全力を傾ける。内山晶太の歌の世界は、まるでなみなみと注がれたコップから水をこぼさないようにするかのように、ぎりぎりのところで震えている。ざくざくと刺してくるような痛みではなく、水中で溺れ続けているかのような息苦しさを与えてくれる。

永井祐は内山の歌についてきわめて興味深い指摘をしている。歌集批評会にて、彼の短歌に対して「人生を描けていない」と言う評が出された。しかしそこで想定されている「人生」とは、「昭和のライフスタイル」が前提になっている。現代を生きる人間には現代なりのライフスタイルがあり、内山はそれを表現しようとしているのだと。

確かに、わかりやすい成功体験なんてない日々の方が、むしろ現代のリアルなライフスタイルだ。ポジティブにしてもネガティブにしても、簡単に「過剰」へと振り切れてしまう表現手法ばかりに注目が集まってしまうのが現代社会。しかしその「過剰」に居心地の悪さを感じる層だって少なくはないだろう。満たされない、だけど誰も恨めない、憎めない。ただ体内に貯めこむことしかできない。そういった「含羞」の日々を過ごす者たちにとって、内山晶太の言葉が福音となってくれる可能性は、決して低くはない。

『窓、その他』

内山晶太

口のなかに苺の種のよみがえるくもれる午後の臨海にいて
通過電車の窓のはやさに人格のながれ溶けあうながき窓みゆ
たんぽぽはまぶたの裏に咲きながら坐れり列車のなかの日溜まり
遮断機の警鐘鳴りていくつもの余韻はくらき海を見せたり
船橋に目を見て渡して無視さるるティッシュ配りの人の目を見き
かけがえのなさになりたいあるときはたんぽぽの花を揺らしたりして
ブランコを全力でこぐたのしさは漕げばこぐたびはなひらきゆく
タワーレコード渋谷店そのシースルーエレベーターに触るる桑の枝
踏切に戦車のような部分あり冬の日差しはかぶさりながら
コンビニに買うおにぎりを吟味せりかなしみはただの速度にすぎず
列車より見ゆる民家の窓、他者の食卓はいたく澄みとおりたり
夏が来れば忘れてしまう冬の海にビニール袋、海草うかぶ
森のなかのベンチに冬の陽は降れり思し召しなりこの白濁も
陸橋のうえ乾きたるいちまいの反吐ありしろき日々に添う白

内山晶太

晩年のまなざしをもて風うすきプラットホームに鳩ながめおり

わが死後の空の青さを思いつつ誰かの死後の空しかしらず

お魚のように降るはな　一生の春夏秋《はるなつあき》を遊びつかれて

帰宅とは昏き背中を晒すこと群なしてゆく他者の背中は

ごちそうの夢と一生と引き換えにゆくたんたんと靴を鳴らして

ライターの炎ふたつを重ねおり抱かぬままに人と別れて

夕光と起重機あわく韻きあう人界にいま人は見えざり

舗装路に雨ふりそそぎひったりと鳥の骸のごとく手袋

口内炎は夜はなひらきはつあきの鏡のなかのくちびるめくる

カーテンはひかりの見本となりたれば近寄らず見つ昼のなかほど

雨の舗道に落ちしはなびらてんてんと思いはやがて鞠麩へおよぶ

手紙いちまいポストに落とし歩きだすまだかろうじて明るい帰路を

かがやける陶器の底にかがやける海老の殻ひとつ、飲食終えぬ

いちにちの長さのなかの数秒はパチンコ台を拝む人見つ

内山晶太

消費期限十日あまりを過ぎ去りし完璧なるエクレアを捨てたり

しじみ蝶ひらめきながら白昼を目先の金のように飛びおり

日雇いアルバイトの指先がひとつずつケーキに苺を置いてゆく夜

ペイズリー柄のネクタイひとつもなく三十代は中盤に入る

世界地図折りたたみつつ巨大なるグリーンランドありし記憶を

同棲の窓を知らぬをかすみそうあふれたりその窓を思えば

小籠包は紙よりも破けやすくしてはださむき夜の夢に出でたり

にんげんのプーさんとなる日はちかく火の近く手を伸べてぼんやり

ひよこ鑑定士という選択肢ひらめきて夜の国道を考えあるく

駅ビルのよごれた窓にやわらかくあゆむ人らの傘の上下よ

日溜まりに置く新聞紙、霊園をあゆむ日のことそのほかのこと

陽を受けて揺れる車輌のがらんどう　なっちゃんは今、テストだろうか

いちにちにひとつの窓を嵌めてゆく　生をとぼしき労働として

死ののちのお花畑をほんのりと思いき社員食堂の昼

内山晶太

夕映えに見つめられつつ手首という首をつめたき水に浸せり
飲食のさなかましろき魚の肉に添いたる血管をはずしゆく
木蓮のはなの終わりをゆうぐれのさむき無辺に猫の餌ちる
あなたもいつか泣くのであろう少女期の日々の祭りのなかのあなたに
パチンコの玉はじかれて大方はおぐらき洞へ帰りゆくなり
ショートケーキを箸もて食し生誕というささやかなエラーを祝う
おまつりのような時間を生きながら見上げていたり電灯の紐
竜田揚げ食みつつうすき嘔吐感、くりかえし花吹雪のなかにいるよう
一日中眼を開けながら仕事してつめたいパンの袋をひらく
少しひらきてポテトチップを食べている手の甲にやがて塩は乗りたり
落ちていたひよこのぬいぐるみを拾いそれのみに充ちてゆく私生活
ガスコンロの焔は青き輪をなして十指をここにしずめよという
藤の花に和菓子の匂いあることを肺胞ふかく知らしめてゆく
いくつもの春夏秋冬あふれかえるからだを置けり夜祭りのなか

黒瀬珂瀾
白き光の降る廃園を

その名前からしてあでやかな黒瀬珂瀾は、黒髪の美青年歌人としてデビューした。なお二十代前半の頃の写真は画像検索で簡単に見ることができるのでどうぞ。戦後短歌の耽美派の旗手である春日井建を師匠に持ち、第一歌集『黒耀宮』はボーイズラブ漫画家・竹田やよいの装画で飾られている。

師・春日井建の背徳感あふれる耽美的な世界観を引き継ぎながらも、漫画・アニメやヴィジュアル系ロックといったサブカルチャーも取り入れた表現であり、ポップセンスにも十分あふれている。

The World is mine とひくく呟けばはるけき空は迫りぬ吾に

絶唱を知らずラクリマ・クリステのかつて宴に賭けし青年

くろせ・からん　一九七七年大阪府豊中市生まれ。大阪大学大学院文学研究科修士課程修了。十三歳で作歌を始める。中高生向け短歌誌「白い鳥」を経て「中部短歌」に入会、春日井建に師事。「京大短歌会」でも活動。二〇〇三年、第一歌集『黒耀宮』で第十一回ながらみ書房出版賞受賞。二〇〇四年、「中部短歌」退会。二〇〇六年「未来」短歌会に入会、二〇一二年より選者。

ギグ果ててヴォーカルの喉愛しぬくギター底より静寂《しじま》を犯す

わがために塔を、天を突く塔を、白き光の降る廃園を　『黒耀宮』

硬質な文語脈を用いたゴシック的な世界観のもとに、美青年や美少年の絢爛とした背徳の劇が展開される。禁忌を犯すこと、倫理を破ることに、くらくらするような美酒の味わいを求めている。そのナルシスティックな振る舞いに、読んでいるこちらの方がすっかりと酔わされてしまう。歌に詠まれている「ラクリマ・クリステ」だって、もともとの意味である「キリストの涙」よりも、ヴィジュアル系ロックバンドの「ラクリマ・クリスティ」を念頭に置いているようにすら思える。『新世紀エヴァンゲリオン』など、アニメ作品から引用した歌も散見される。
　春日井建の没後は所属していた「中部短歌」を離れ、「未来」に入会。岡井隆の影響を受け、現代詩に通じる重層的なメタファーを駆使した作品をつくるようになった。その集大成になりえただろう連作が、第二歌集『空庭』所収の「太陽の塔、あるいはドルアーガ」だ。

北を指す針だと思ふぼくたちは　クリアするのを忘れたゲーム

いつのまに僕らは大人になつたのか　塔を登つた記憶はないが

日本はアニメ、ゲームとパソコンと、あとの少しが平山郁夫

塔を登るやうであつたか十三の階段をしづかに東條英機

『空庭』

　A級戦犯が処刑された巣鴨プリズンと、その跡地に建てられたサンシャイン60ビル、そして八〇年代に流行したファミコンソフトの「ドルアーガの塔」。時空を超えた三つの「塔」のイメージがオーバーラップし、「日本」というものの基層を暴いてゆく表現手法は、まさに圧巻の一言だ。
　黒瀬珂瀾は、反倫理・反道徳の美学を貫く歌人だ。その「反」の対象はやがて単なる倫理・道徳を超え、「日本の基層」に潜む共同体主義そのものになる。そして「現代日本」の象徴であるサブカルチャーのモチーフもかき混ぜながら、竜巻のような思想詩の渦を生み出す。彼が端正な顔を歪ませながら中指を立てる相手は、自分たちを排斥しようとするものではなく、自分たちを取り込んで都合よく操ろうともくろむものへと変わる。マニアックなネタを合言葉のように引用して分かる者たちと共同体の絆を確かめ合う茶番はもう終わりを迎え、これからは自分たちを包囲してスポイルしようとする巨大な何かと闘わなくてはいけない。劇場はスポットライトを備えた小さな舞台を飛び出し、陽光の激しく降り注ぐ市街地へと移るのだ。黒瀬珂瀾の進化は、止まらない。

『黒耀宮』

黒瀬珂瀾

The world is mine とひくく呟けばはるけき空は迫りぬ吾に

地下街を廃神殿と思《も》ふまでにアポロの髪をけぶらせて来ぬ

咲き終へし薔薇のごとくに青年が汗ばむ胸をさらすを見たり

明け方に翡翠《かはせみ》のごと口づけをくるるこの子もしづかにほろぶ

風狂ふ夜の身を打つもみぢ葉の秋の……光だ、信用できぬ

復活の前に死がある昼下がり王は世界を御所望である

少女ふと薄き唇をわが耳に寄せて「大衆《マッス》は低脳」と言ふ

流れ来る婚礼の夜耀《かがよ》ひて僕にこの手を汚せといふの?

違ふ世にあらば覇王となるはずの彼と僕とが観覧車にゐる

書架見ればおのづとわかる処世論　体は高く売るべきである

少年を愛する夜も愛さざる夜も一途に枯れゆくポプラ

ふと気付く受胎告知日　受胎せぬ精をおまへに放ちし後に

「巴里は燃えてゐるか」と聞けば「激しく」と答へる君の緋き心音

朝刊を訃報から読む我が癖を知らずに眠る少年の息

黒瀬珂瀾

パーティーの前にトイレでキスをして後は視線をはずす約束

絶唱を知らずラクリマ・クリステのかつて宴に賭けし青年

ギグ果ててヴォーカルの喉愛しぬくギター底より静寂《しじま》を犯す

今日もまた渚カヲルが凍蝶の愛を語りに来る春である

JuneよJune、君が日本の一文化なる世を生きてわが声かすむ

エドガーとアランのごとき駆け落ちのまねごとに我が八月終る

過ちですまぬ暗転、劇場のごとき閨《ねや》より帰れぬ二人

林檎酒の滓《おり》ほどの闇　密会は月の海より風吹きてこそ

紅き髪梳かしうつぶす一戦士。今こそは水瓶座《アクアリアン》の時代《エイジ》

血の循《めぐ》る昼、男らの建つるもの勃《た》つるものみな権力となれ

わがために塔を、天を突く塔を、白き光の降る廃園を

白き腹見せつつ窓に停まる蛾の　静かなり月、爪を濡らして

道端にイラストを売る若人がとかげに見ゆる秋の暮六つ

いまさらにエヴァ本を買ふ冬晴れのひとひの梅の幹の黒さ、か

『空庭』

黒瀬珂瀾

みぞれ降る豊葦原《とよあしはら》に万物の霊長として眼鏡つ娘《こ》あり
中心に死者立つごとく人らみなエレベーターの隅に寄りたり
でもみんなどこで死んだの真夜中のゲームの穴に落す百円
ローズオイルうかべて沈む湯船より見る明けの明星《ルシファー》に抱かれに行く
おおここに高々と「無」が聳えをりグラウンド・ゼロ風吹くばかり
人生を棒に振らうよ月ひとつささやく方に杯をかざして
死ねない、と胸に十字を穿ちたる青年の髪増えてゆく真夜
わが愛の喩としてvibratorがvibrateをする夜の底
俺は飛ぶお前は落ちろ日輪を背にする街を抱く運河へ
ぼくを静かに切り裂く霧の秋の夜の睡眠薬は片道切符
繃帯に片眼を匿《かく》す佩剣の少女と走る雪の深更
北を指す針だと思ふぼくたちは　クリアするのを忘れたゲーム
いつのまに僕らは大人になつたのか　塔を登つた記憶はないが
日本はアニメ、ゲームとパソコンと、あとの少しが平山郁夫

黒瀬珂瀾

塔を登るやうであつたか十三の階段をしづかに東條英機
二十一世紀の果ての頂上にドルアーガがゐる巣鴨プリズン
おそらくは夏の光を浴びながら消えたであらう巣鴨プリズン
プリズンの崩れしのちを太陽の塔は苔むし建ちたるあはれ
六十の処刑者のため六十の床を持ちたる高層あはれ
巨大なる墓石であれば戦争はゲームであると神はささやく
ニッポンはアニメ、ゲームとパソコンと、あとの少しが太陽の塔
一斉に都庁のガラス砕け散れ、つまりその、あれだ、天使の羽根が舞ふイメージで
紙面より津波は引きて英国風に終はる桜を見送りにけり
フラッシュはメギドの火かもロンドンのセフィロスがエアリスを刺し抜く
サイレンの止まざる夜を川の字の棒と呼ぶには短き吾児よ
身体は街だと思ふ　外れには爪、髪といふ移民が集ふ
ヨーグルトの香りにて便を告ぐる児を降ろせば雪に暗みゆく窓
ぼくらの川は雨に濡れつつゆくものだシェイクスピアの墓に別れて

『蓮喰ひ人の日記』

齋藤芳生（もし神がそう、お望みならば）

さいとう・よしき　一九七七年福島県福島市生まれ。玉川大学文学部教育学科卒業。一九九九年、「かりん」入会。二〇〇七年、かりん賞受賞。二〇〇八年、「桃花水を待つ」で第五十三回角川短歌賞受賞。二〇一〇年の第一歌集『桃花水を待つ』で第十七回日本歌人クラブ新人賞受賞。二〇一三年、「中東短歌」創刊に参加。

短歌がいくら国産文芸とはいえ、これだけグローバリゼーションの進んだ現代であるから、海外在住経験を持つ歌人などもたくさんいる。「海外詠」は現代短歌の重要なジャンルの一つで、外国に行けば短歌が詠めなくなるなんてことは全くない。永住している歌人だっている。

暮らす国もアメリカや中国など身近な国ばかりではない。齋藤芳生（女性です）はアラブ首長国連邦のアブダビに日本語教師として赴任していた経験があり、中東の風土を詠み込んだ歌を第一歌集『桃花水を待つ』に収めている。

水彩よりも油彩の似合うアブダビの炎天の街の香り濃き花

ひとひらのコイン光らせ購えるアラビアの水に陽を透かし見る

「もし神が、お望みならば、また明日。」校長サルマ女史の白き歯

『桃花水を待つ』

気候も社会システムも日本とは全く異なる中東だが、その土地にはその土地なりの季節や自然や思想や人間性がある。短歌は決して「和風なもの」ではない。狭い場所に「閉じこもりたがる」性格は一切ない。むしろ、積極的に異郷を描こうとする詩型なのだ。

そのことをよく表現していたのが、齋藤を含め中東諸国に縁のある歌人が集まった歌誌「中東短歌」だろう。「外大短歌」出身でヨルダン在住の若手歌人・千種創一（一九八八年生まれ）が編集人。創刊時の予告通り全三号で終了したが、日本人には縁が薄い（と思われがちな）「異郷」からの視点を導入することで「日本」を相対化

しようという試みは、現代短歌にもちゃんと存在する。
そして齋藤がアブダビという異郷に反射させて直視しようとしているのは、故郷・福島である。第一歌集のタイトルにある「桃花水」も、桃の花が咲く頃にあふれる雪解け水のことで、福島の風物詩だ。水のない乾いた土地であるアブダビに対し、福島は豊かな水に恵まれた土地。この「水」が故郷の象徴であり、齋藤の短歌を覆うイメージである。

「人命に影響のない」汚染にて阿武隈川の水を日々飲む

摘花作業の始まる朝よ春なればふるさとは桃花水にふくるる　『桃花水を待つ』

福島といえば原発事故というテーマも連想させられるが、一首目は東日本大震災前に作られた歌である。この「汚染」とは水質汚濁のことで放射能ではないのだが、権力者の言い訳はいつだって似通ったもののようで、期せずして予言めいた一首になっている。第二歌集『湖水の南』では震災詠も多く含まれている。

「高線量」声響きつつ春泥も汚泥も袋に詰められて臭う

除染のためにつるつるとなりし幹をもて桃は花咲く枝を伸ばせり　『湖水の南』

水、花、魚……そういった自然的モチーフを積極的に詠もうとする歌人であるが、しかし決して「雅歌」ではない。これらの歌を「雅やか」だと思う人はいないだろう。なにしろ、汚染された水や花、侵食する外来魚、そういったものがどんどん登場するからだ。たびたび挟み込まれる中東の風土の記憶が、日本の現実を容赦なく相対化する。「花鳥風月」という美学も、現代のリアルを前にすればその裏側にうごめくものが見えてくることがある。「異郷」を詠むことで見えてくる「故郷」。齋藤芳生の方法論は、海外詠の効果を十二分に発揮する力がある。

齋藤芳生

「人命に影響のない」汚染にて阿武隈川の水を日々飲む

ふるさとの川の濁りに羽化したるカゲロウは吹雪よりも激しき

摘花作業の始まる朝よ春なればふるさとは桃花水にふくるる

鼻濁音濃く残しいる女子校に高村智恵子も我も通いき

解体の工事にもがき古いビルの鉄筋ぐにゃぐにゃと雨を受く

雨降り花を摘んでしまったために降る雨　君の眼を潤ませながら

東京に灯をともしまた灯を消して君の籠れる電磁波の繭

海ではなく大都市に流れ着くことのどうしようもなき両手を洗う

埃まみれで撤去されない自転車のように商店街に我のみ

川よお前を見つめて立てば私の身体を満たしゆく桃花水

川遠き国道沿いの山茶花は粉塵まみれのままに開けり

喩うれば団子鼻もつ横顔と思う故郷は　桃の花咲き

葡萄蔓のように左へ伸びてゆくアラビア文字をたどれば　朝だ

アブダビの家庭菜園土の濃き一角に濃き薄荷が茂る

『桃花水を待つ』

齋藤芳生

水彩よりも油彩の似合うアブダビの炎天の街の香り濃き花
ガーベラの茎も待つなり週に一度宅配さるるオアシスの水
この国の自転車も放置されていて砂に洗われつつ錆びており
うどんに入れる七味唐辛子をさがす　我も出稼ぎ労働者にて
世界中からきて人々はさみしがる　エレベーターの中の微笑み
豊かすぎる国の子同士飢えており焼きたてのパンのようなことばに
ひとひらのコイン光らせ購えるアラビアの水に陽を透かし見る
ドバイよドバイ「ほうらいわんこっちゃない」ともう何ヶ国語で言われたか
踊り子が手を取りあいて帰りゆく仕事を終えし髪を束ねて
強風をたのしみながら夜を待つ砂漠　私も待とうあなたを
アラビアの楽器職人一心に木を削る恋を奏でるための
ジーンズの裾に黒衣を絡ませて少女が上る朝の階段
「もし神がお望みならば、また明日。」校長サルマ女史の白き歯
砂の国に筍のように伸び止まぬビル群　空を割ってしまった

齋藤芳生

君の見ている雪と私の触れている砂と　回線越しに語らう
あなおとなしき駱駝の腹に浮きでたるホースのように太き静脈
お喋りに溶け残るほどの白砂糖入れてアラブの女は多産
もしかしたらここは大きな砂時計の中かも知れず　砂にまみるる
雌の鷹はこのアラビアの鷹匠に恋をしておれば我を威嚇す
行く川を追いかけたくて真っ白に柳絮を飛ばしていたり柳は
うつくしき草色に背を染めて立つおおかまきりよ、我は紅
大鳥よその美しき帆翔を見上げずに人は汚泥を運ぶ
「高線量」声響きつつ春泥も汚泥も袋に詰められて臭う
紙飛行機のような軽さに燕落つふるさとの窓すべて閉ざされ
空振りの緊急地震速報の不協和音に冷める豚汁
絵を描いてごらんと言えばアブダビの子等は連邦旗ばかりを描けり
路地裏の発泡スチロールの箱に金魚も長生きさせて日本は
虹色の鱗、真珠色の鱗　飛び込めば河の底は明るむ

『湖水の南』

齋藤芳生

圧縮ファイルひらいたように春来たり木々の芽はさらに木々の芽を呼び

掌をおけば福島の土黒々と湿りて桃の花咲かせいる

思うさまに新芽をほどき木々撓う千の小鳥をつぴいと鳴かせ

小春日の土蔵《くら》の白壁あたたかく祖父母の不仲など知らざりき

朝明けの猪苗代湖ゆ祖父消えて白鳥消えて　水は動かず

福島の雪ではないがFRISKをがりがり噛んで初校をめくる

原発を購うという若きアラビアよ（もし神がそう、お望みならば）

おみならは手を握り合い東京に聖地の方角を確かめる

イスラーム霊園は山梨にあり葡萄の実る音に満ちつつ

淵深き川棄てるとき負う傷よ蜻蛉は翅ふるわせて落つ

「花しかねえ」と中学生我ら笑いいき冬の日差して遠き桃畠

阿武隈川に堆積しゆくかなしみの深ければ鷺もながく佇む

融雪剤の痕ほつほつと残しつつ黒ずむ雪に春霙降る

春の子の卓にしろじろ並べゆく知育パズルはひのきのにおい

田村元
ぬばたまの常磐線

たむら・はじめ　一九七七年群馬県新里村（現・桐生市）生まれ。北海道大学法学部卒業。一九九九年、「りとむ」入会。二〇〇〇年、松川洋子主宰の「太郎と花子」創刊に参加。二〇〇二年、「上唇に花びらを」で第十三回歌壇賞受賞。二〇一三年、第一歌集『北二十二条西七丁目』で第十九回日本歌人クラブ新人賞受賞。

歌人は専業作家はほとんどいなくて、ほとんどは兼業だ。ぼくは数少ない専業歌人だが、単に無能すぎて普通の仕事ができないだけである。

兼業歌人は、本職はサラリーマンという例も多い。そして中には「サラリーマンである自分」を積極的に押し出して自らの作風としている者もいる。田村元は、現代のサラリーマン歌人の代表格の一人だろう。

サラリーマン向きではないと思ひをりみーんな思ひをり赤き月見て

ぬばたまの常磐線の酔客の支へて来たる日本、はどこだ

俺は詩人だバカヤローと怒鳴つて社を出でて行くことを夢想す

やがて上司に怒りが満ちてゆく様《さま》を再放送を見るやうに見つ

〈こだいこ〉のラーメンわれら啜りつつ三十代はぽんぽこである

『北二十二条西七丁目』

すし詰めの満員電車に揺られながら必死で毎日をやり過ごす。自意識をめためたにされながら、「詩人」としてのプライドを決して捨て切れない。そんなやり切れない哀愁に満ちた、少し自虐的な作風である。でもその情けないプライドが好きだ。常磐線は上野から東北へとつながるＪＲの路線。東京郊外から都心部へと通勤するサラリーマンをはじめとした、あまりにも平均的な日本人たちを乗せてきた。それだけに、山手線や中央線のように沿線文化を語られるようなことが全くと言っていいほどなかったのだが、戦後日本を支えてきた重要な路線である。田村もまたそんな「常磐線人」

の一人であった。そして「常磐線」というシンボルに託して、ここは自分の居場所ではないと感じながらもちゃんと仕事をして日々の生活をこなしてゆくしかない凡人の生き様を刻みつけようとしている。冷静な社会学的視点があるから、「サラリーマン川柳」よりずっとセンスのあるユーモアを見せてくれる。ぼくはなんとなくユニコーンの『働く男』を思い出してしまう。

春怒濤とどろく海へ迫り出せり半島のごときわれの〈過剰〉が

残業も折り返し点　粉雪がWeb《ウエッブ》の「今の札幌」に降る

カレーパン買ひに行くため歩みたり桜しべ降る水戸街道を

『北二十二条西七丁目』

田村は北海道大学在学中に札幌の歌人・松川洋子の短歌講座に通い始め、そこで雪舟えまや樋口智子といった同世代の歌人たちと知り合った。卒業後は本州で就職して転勤族となり、大阪、品川、松戸、横須賀など住まいを転々とした。第一歌集『北二十二条西七丁目』のタイトルは、北大時代の札幌の住所に由来する。「地名」ではなく数字の入った「記号」が使われるのが、近代の新開地である札幌の特徴だ。出向のようなかたちで霞ヶ関の省庁で働いたこともある田村は、バリバリのビジネスマンとして「中央」に立つこともありながら、決してそこにどっぷりと馴染むことはできず、「周縁」への愛着を表明する。ユニコーンはかっこいいロック・サウンドにずっこけたサラリーマン哀歌を乗せてしまうギャップが個性になったのだけど、田村元はずっこけたサラリーマン哀歌というブルースに都市論という思想を乗せようともくろんでいる。その思想はやがて、「中央」に厄介事を押し付けられ続けてきた「周縁」という日本の構造をあぶり出そうとするようになる。「常磐線」はその象徴だろう。

　お酒の歌が多いのも田村元の特徴である。酒好き歌人としてのポジションを固めつつあるのか、「うた新聞」では様々な歌人たちが愛する居酒屋を紹介する「歌人の行きつけ」という連載を持っていたりもする。

田村元

『北二十二条西七丁目』

靄かかる北大演習農場を歩めり何を探すでもなく
真夜中の環状線を走れども走れども永久《とは》にこの街を出ず
ひとり来てみればカモメが鳴いてをりきみが碧いと言つてゐた海
ワイシャツに口づけの痕　誰なるか満員電車にわれを恋ふるは
午後しばしミスドに憩ふ安息日ハニーディップをひとつ頬張る
花びらを上唇にくつつけて一生剝がれなくたつていい
くれなゐのキリンラガーよわが内の驟雨を希釈していつてくれ
遮断機は色なき風を分かちたりベンガル虎の尻尾のやうに
かくれんぼ隠れ恋慕と呟けば唇《くち》の先より冬来たりけり
ピアニストみたいにキーを打てどわが猫背は神に嫌はれてゐる
春怒濤とどろく海へ迫り出せり半島のごときわれの〈過剰〉が
かたはらに他者といふ闇座らせてきつねうどんを啜りゆくのみ
もう何処へ行つてもわれはわれのまま信号待ちなどしてゐるだらう
七百円の中トロを食ふ束の間もわれを忘れることができない

田村元

攻略も包囲もさるるものとして首都はあり、その首都の朧夜

弘前の桜を咲かせゐるころか前線はきみへと北上しつつ

ある都市と都市が恋ひ合ふことはあるだらうか夜のフライトを待つ

遠く山開かるる日やExcelの小技集とはさみしき読書

サラリーマン向きではないと思ひをりみーんな思ひをり赤い月見て

東京に立たぬ蚊柱　憎むべきひとりさへわれに見当たらぬなり

ひとりから始めるわれの都市論のフランスパンと水を購ふ

残業も折り返し点　粉雪がWeb《ウェッブ》の「今の札幌」に降る

目黒川暗く流れてラーメンを食べるためわれは途中下車せり

企画書のてにをはに手を入れられて朧月夜はうたびととなる

もづく酢の酢に咽せてをりこれ以上われから何が搾り出せるか

涸谷《ワジ》を行く一小隊に若鮎のやうな詩人が　ゐないと言へるか

ぬばたまの常磐線の酔客の支へて来たる日本、はどこだ

封筒に書類を詰めてかなしみを詰めないやうに封をなしたり

田村元

都市といふ夢の渦中にわれはあり年に一度は花火など見て
食卓に微笑む乙女ひとりをりおかめ納豆のカップ、の他に
マークシートの円をわづかにはみ出して木星の輪のやうなさみしさ
もう二十七まだ二十七といふ常磐線が途切れ途切れに
部屋にてもつい新聞を縦長に折りてしまへりサラリーマンわれは
俺は詩人だバカヤローと怒鳴つて社を出でて行くことを夢想す
地下鉄のほそき光にたどりゆく日に二十ページほどの読書を
島耕作にも坂の上の雲にも馴染めざる月給取りに一つ茶柱
答ある問ひを尊び選択肢1か4かを決めかねてをり
「日々嫌《いや》」とアナウンス聞こゆ職場への一つ手前の日比谷駅にて
ナポレオンの睡眠時間をうらやんで昼休みあと五分を眠る
パソコンの前でときをり揺れながらおーいおーいとお茶に呼ばるる
千代田線へと乗り入れて行くときの常磐線は俯いてをり
やがて上司に怒りが満ちてゆく様《さま》を再放送を見るやうに見つ

田村元

二十代過ぎてしまへり「取りあへずビール」ばかりを頼み続けて

カレーパン買ひに行くため歩みたり桜しべ降る水戸街道を

サラリーマン塚本邦雄も同僚と食べただらうか日替ランチ

添付ファイル添付し忘れもういちど春の闇へと「送信」を押す

旧仮名で書いてしまひし電話メモ春の職場に日が差してゐる

シャチハタの名字はいつも凛としてその人の死後も擦れずにあり

湯の中にわれの知らざる三分をのたうち回るカップラーメン

われのみが「少し太つた」それ以外変はらぬままの同期三人

〈こだいこ〉のラーメンわれら啜りつつ三十代はぽんぽこである

人生は意外と長いもんだねの「ね」が焼酎に濡れてしまつて

ホッピーに薄く立つ泡　この国の誰もが足を引つ張り合つて

乾きゆく冬の木の幹　空蟬の人生だから家は買はない

ダイエーのオレンジ色に包まれて店員さんと恋に落ちたい

旧姓を木の芽の中に置いて来てきみは小さくうなづいてゐた

澤村斉美
遠いドアひらけば真夏

現代短歌は必ずしも一首単位で鑑賞するわけではなく、何首も連ねての連作単位、歌集単位で鑑賞することの方がむしろ一般的である。そうなると、一首の存在感に命を賭ける歌人だけではなく、構成意識が高く歌数が多くなるほど実力を発揮する歌人というのも現れるようになる。

澤村斉美はまさにその後者に当てはまる歌人だ。実は角川短歌賞受賞作「黙秘の庭」を初めて読んだとき、いまいちぴんと来なかった。人文系の大学院生が研究者の道を諦めて就職を決意するというだけのなんてことのない主題に思えた。しかし第一歌集『夏鴉』でまとめて読んだとき、一度読んだはずの「黙秘の庭」の印象が変わった。現代人の苦悩をドラマティックに切り取った作品として幸福な読後感を味わえた。

澤村斉美の短歌のモチーフは、特別な大事件は別段なにも起こらない日常生活だ。第二歌集『galley』も、新聞社の校閲記者として働く日々を描いている。要約して解説すると退屈そうに思えるが、要約したときに落ちてしまう部分にこそ短歌の本質は表れる。日々の中で絶えず揺らぎ明滅する感情。自然物や人間関係のわずかな変化。そういったものを繊細に描写する歌は、読みを重ねていくほどに大きなふくらみがある。窓辺に置いてゆっくりと時間をかけて読みたいような歌だ。

雲を雲と呼びて止まりし友よりも自転車一台分先にゐる

ミントガム切符のやうに渡されて手の暗がりに握るぎんいろ

喪主として立つ日のあらむ弟と一つの皿にいちごを分ける　『夏鴉』

さわむら・まさみ　一九七九年岐阜県生まれ。京都市在住。京都大学大学院文学研究科美学美術史学専攻博士課程中退。一九九九年、「京大短歌」入会。二〇〇〇年、「塔」短歌会入会。二〇〇六年、「黙秘の庭」で第五十二回角川短歌賞受賞。二〇〇八年、第一歌集『夏鴉』にて第三十四回現代歌人集会賞、第九回現代短歌新人賞を受賞。

初、春、夏、名、秋、九と覚えたり力士にめぐる六つの季節
ガレー船とゲラの語源はgalleyとぞ　波の上なる労働を思ふ
『galley』

それこそ、自分の日常が変化のない退屈なものだと思っているような人にこそ、澤村斉美の短歌は潤いになってくれるのではないかと思う。日々がめぐり、花や木が変わってゆくこと。他者との関係に微妙な温度差が生じてゆくこと。そこにしっかり目を凝らして日々を生きることがどれほど豊かな時間を与えてくれるかを、教えてくれる。澤村斉美は自らの生活が幸福であるとも不幸であるとも言わず、素直に日々を受け容れてゆく。それはただ生活に流されてゆくことではない。社会に対するシャープな批評眼があるからこそできることなのだ。

遺は死より若干の人らしさありといふ意見がありて「遺体」と記す

文字として過ぎてしまつた人の死を　缶コーヒーは手を温める
われの名を記して小さき責任をとりたり窓のオリオン光る
『galley』

校閲の中でも訃報記事を主に担当しているようで、澤村斉美の日常とは、すなわち毎日他人の死を定量化して優劣を付ける日常である。日々の労働現場では、生命の扱いがフラットな世界に生きている。だからこそ、生命のあり方が立体的で、重層性を持っている世界を短歌によって取り戻そうと努める。ごく普通の人間の日常は、それこそ「名付け得ぬ感情」にあふれている。そしてその感情に無理して名前を付ける必要はないことを、澤村斉美は知っている。生命力にあふれた日常の獲得は、感情を昂らせることで実現するのではない。決して名前を付けられないようなあらゆる不定型の感情を見つめ直すことで実現するのだ。澤村斉美はそんなメッセージを送ってくれる。決して声高にはならないままに。

澤村斉美

逆光の鴉のからだがくつきりと見えた日、君を夏空と呼ぶ

雲を雲と呼びて止まりし友よりも自転車一台分先にゐる

「一日中放課後みたいなものですね」梅雨の雨のなか軽くうなづく

ばか欲望が降つてくるわけないだらう麦茶のパック湯に沈まずに

深い深い倦怠感のプールへと投げる花束浮いたではないか

死ののちもしばらく耳は残るとふ　草を踏む音、鉄琴の音

からだの中の柊を見てゐるやうな君のまなざし　逢ひたいと言ふ

手花火が君の背後を照らしゐしさびしき夏をわれは閉ぢけり

十六《じふろく》歳の弟の悩みの遠因としてわれはあり夏雲の階

海のあることがあなたを展《ひら》きゆく缶コーヒーに寄る波の音

ミントガム切符のやうに渡されて手の暗がりに握るぎんいろ

逢ふまでの時の長さにはさみ込む文庫の栞よぢれたままで

喪主として立つ日のあらむ弟と一つの皿にいちごを分ける

春風に捲かれてバスは走りだす光は海の向かうへ還れ

『夏鴉』

澤村斉美

古き絵の調査終はればくめとろぽりたんめろめろの草

あさがほが金の屏風に垂れてゐる夏の風景ガードマンと見つめる

花冷えのやうな青さのスカートでにはたづみ踏むけふの中庭

白犀は心の水の深きまで沈みつ水の春は熟れゆく

減りやすき体力とお金のまづお金身体検査のごとく記録す

骨がよく鳴るからだなりかなへびのポーズで骨としばらく遊ぶ

フリーターでもなく学生でもなくてわれの半人半獣の礼

ひとりでも研究はできる　調べかけの書物に長い鉛筆をはさむ

いくつもの場所で生きたりいづれにも寡黙とされる私がゐる

ほんの少しきみの時間をくれますか　見知らぬ花の香など嗅ぎつつ

はじめから失はれてゐたやうな日々海沿ひの弧に外灯が立つ

ただ夏が近づいてゐるだけのこと　缶コーヒーの冷を購ふ

遠いドアひらけば真夏　沈みゆく思ひのためにする黙秘あり

耳の中に名前のための場所があり知らない海を一つ覚えき

時をわれの味方のごとく思ひゐし日々にてあさく帽子かぶりき
会はぬと決めて会はざる日々にハナミズキ若き名もなき木にかはりたり
ハンガーにカーディガン揺れ夏の窓はおとろへてゆくばかりの光
初、春、夏、名、秋、九と覚えたり力士にめぐる六つの季節
赤紫蘇の葉の裏側へ透けながら秋の陽は手に取りてみがたし
もうけふが始まつてゐるさびしさの新聞輸送車橋を越えたり
うどん食べてゐる間に死者の数は増えゲラにあたらしき数字が入る
マフラーを巻いてしづかな君からの伝言のやう冬の木洩れ陽
輪郭の毛羽立つ人の肩にとけ雪の光は動かなくなる
目を閉ぢてけふの最後の景色には影を伸ばした鳥居を選ぶ
遺は死より若干の人らしさありといふ意見がありて「遺体」と記す
空き家あり仏壇のみの家もあり義祖父はその間の平屋に住めり
1段ベタ2段顔付き見出し付き死にスタイルがあてがはれゆく
ガレー船とゲラの語源はgalleyとぞ　波の上なる労働を思ふ

『galley』

澤村斉美

澤村斉美

終はるとしか言ひやうのない山の端の終はりのあたり窓が灯れり

「被爆」と「被ばく」使ひ分けつつ読みすすむ広島支局の同期の記事を

八月は被爆と野球に追ひまくられ眼痺れるころ朝刊が成る

忘れてた、あなたの町に降るのをと雨はベランダを打ちはじめたり

人を刺したカッターナイフを略すとき「カッター」か「ナイフ」か迷ふ

文字として過ぎてしまつた人の死を　缶コーヒーは手を温める

就職を「した」と「しない」と「できない」でさびしきわれら薄く鎧へり

釣り銭を拾はむとする人のかほに自販機の灯はとどかざりけり

プラタナスの語源は「広い」葉の影を踏んで上司の待つ所まで

用途不明の人工の川に春が来てなづなの影を過ぎてゆく水

名付け得ぬままに去りたる感情は昨日食らひし馬に似るかも

われの名を記して小さき責任をとりたり窓のオリオン光る

わたしの心にもつとも近き定型文1を選びて弔電を打つ

祖父の内にありしシベリアも燃えてゆく鉄扉の向かう火の音たてて

光森裕樹
あかねさすGoogle Earth

みつもり・ゆうき　一九七九年兵庫県宝塚市生まれ。京都大学文学部卒業。「京大短歌会」出身。二〇〇八年、「空の壁紙」で第五十四回角川短歌賞受賞。二〇一一年、第一歌集『鈴を産むひばり』で第五十五回現代歌人協会賞受賞。二〇一二年、電子書籍にて第二歌集『うづまき管だより』を刊行。短歌ポータルサイト「tankaful」を運営。

短歌とコンピュータという組み合わせを相容れないものだと思うのなら、それはあまりに短慮である。情報工学者を本職とする坂井修一や、システムエンジニアをしていた加藤治郎といった歌人たちが、ＳＦ的な発想とともにコンピュータ技術用語を現代短歌に導入する試みを、とっくの昔に成功させているのだ。この光森裕樹も、その流れの上の一人といえるだろう。ＩＴ企業に技術者として勤務していた経験を持ち、角川短歌賞受賞作「空の壁紙」は飛行機の運航システム開発の専門用語が登場する。短歌というフィールドの上にサイバー空間を展開させたかのような先進的な歌である。

鳥の名で統一したるサーバーのひとつがやはり応答しない

あかねさすGoogle Earthに一切の夜なき世界を巡りて飽かず

行方不明の少女を捜すこゑに似てVirus.MSWord.Melissa

『鈴を産むひばり』

光森裕樹の短歌はいつも、世界を俯瞰してマクロで捉えているような空間把握がある。それがたまらなくクールで格好いい。情熱的な短歌はそれほど難しくないが、クールな短歌というのはそうそう簡単には作れない。光森裕樹の面白いところは、こうした三次元を俯瞰するようなカメラアイを現実の世界に対しても持ち込むことが出来る点だ。

六面のうち三面を吾にみせバスは過ぎたり粉雪のなか

自転車の灯りをとほく見てをればあかり弱まる場所はさかみち
ドアに鍵強くさしこむこの深さ人ならば死に至るふかさか

『鈴を産むひばり』

普段は世界の裏側にあって見えていないものに着目したり、現実には目に見えないものを想像の中で演算してシミュレーションしたり。こうした視点もやはりクールであるが、これもまた普段コンピュータの前で行っている空間把握を現実に応用させたかたちだ。詩の醍醐味はぼくたちが普段持っている世界の認識を更新させてくれることであり、短歌は日常の生活に密着した詩だ。だから、日常の中で誰も気に留めていなかったものにスポットをあてることで、ぼくたちが認識している世界を更新させられるような短歌は、「発見の歌」として重要な価値を持っている。詩でこういうことをしようとすると冗長になるし、俳句では短すぎる。「発見」は短歌の十八番であり、生命線なのだ。そして、光森裕樹の「発見の歌」は、その視点、把握、表現などすべての要素において高度な完成度を保っている。まさに現代短歌の粋だ。

われを成すみづのかつてを求めつつ午睡のなかに繰る雲図鑑
花積めばはなのおもさにつと沈む小舟のゆくへは知らず思春期
しろがねの洗眼蛇口を全開にして夏の空あらふ少年

『鈴を産むひばり』

そしてこうした抒情的な青春歌も、光森裕樹の美質である。コンピュータ用語を詠もうが、「発見の歌」を作ろうが、根本的なところで「少年」「青春性」を重視している。コンピュータ技術者だからといって、別に理詰めの冷たい人間だったりするわけじゃない。むしろ、世界の中にあふれているごくわずかな感情の震えや、人間関係の機微を捉えることに成功している。モチーフが「サーバー」や「Google Earth」だろうと、やっぱりこれらはすべて「抒情詩」なのだ。

光森裕樹

『鈴を産むひばり』

鈴を産むひばりが逃げたとねえさんが云ふでもこれでいいよねと云ふ

どの虹にも第一発見した者がゐることそれが僕でないこと

ポケットに銀貨があれば海を買ふつもりで歩く祭りのゆふべ

それぞれの花火は尽きてそれぞれの線香花火を探し始める

街灯の真下をひとつ過ぎるたび影は追ひつき影は追ひこす

われを成すみづのかつてを求めつつ午睡のなかに繰る雲図鑑

少年の日はあめあがり風船に結はへて空へ放つまひまひ

中吊りのない車内です。潮風です。二輌後ろに母が見えます

花積めばはなのおもさにつと沈む小舟のゆくへは知らず思春期

転んでも転んでも夏くさはらをジーンズの膝みどりに染めて

手を添へてくれるあなたの目の前で世界をぼくは数へまちがふ

廃線になる日は銀杏のふるさとを囲ふ踏切すべてあがる日

アルペヂオ　おお、あるぺぢお！　ぼくだけがマルクをレンテンマルクに替へて

野におけば掛かる兎もあるだらう手帳のリングを開いては閉づ

光森裕樹

アンナ・シュバルツバルト、人ではないものに其のやうな名を付けては不可ない
狂はない時計を嵌めてゐる人と二度逢ひ三度逢ひ明日も逢ふ
いつの日のいづれの群れにも常にゐし一羽の鳩よ　あなた、でしたか
風邪。君の声が遠いな。でもずつとかうだつた気もしてゐるな。風邪。
平泳ぎ競ふあたまが描きゆくサインカーブとコサインカーブ
しろがねの洗眼蛇口を全開にして夏の空あらふ少年
いちにちの読点としてめぐすりをさすとき吾をうつ蟬時雨
ほほゑみを示す顔文字とどきゐつ鼻のあたりで改行されて
喫茶より夏を見やれば木の札は「準備中」とふ面をむけをり
「スタート」を「電源を切る」ために押す終はらない日を誰も持ちえず
事故車よりはづれたナンバープレートがモザイクのした蠢いてゐる
反戦デモ追ひ越したのち加速する市バスにてまたはめるイヤフォン
ゼブラゾーンはさみて人は並べられ神がはじめる黄昏のチェス
だとしてもきみが五月と呼ぶものが果たしてぼくにあつたかどうか

光森裕樹

鳥の名で統一したるサーバーのひとつがやはり応答しない

吾ひとりフロアにくしやみをする時も空を飛びかふ万の旅客機

柚子風呂の四辺をさやかにいろどりて湯は溢るれど柚子はあふれず

六面のうち三面を吾にみせバスは過ぎたり粉雪のなか

友の名で予約したれば友の名を名告りてひとり座る長椅子

自転車の灯りをとほく見てをればあかり弱まる場所はさかみち

ドアに鍵強くさしこむこの深さ人ならば死に至るふかさか

あかねさすGoogle Earthに一切の夜なき世界を巡りて飽かず

行方不明の少女を捜すこゑに似てVirus.MSWord.Melissa

大空の銃痕である蜘蛛の巣をホームの先に今朝も見上げつ

わらふからそんなに君がわらふからためいきがまた飴玉になる

致死量に達する予感みちてなほ吸ひこむほどにあまきはるかぜ

人前で脱ぎたることのある服となき服とありなき服を着る

なにもないなにもないのに天空を指さしたとき助けたかつた、と

『うづまき管だより』

光森裕樹

クリスマス・ツリーを三日連続で買つてきたとき助けたかつた、と
降りてゆくエスカレーターに座りこむ姿を見てた　助けたかつた、と
また君がもう大丈夫だいぢやうぶと云ひはじめたから助けたかつた、と
Wikipediaに光森裕樹は猫と書き国を嚥むごとあくびをしたり
この秋の把手のごとく見てゐたり君わたり来る白き陸橋
あなたがやめた多くを続けてゐる僕が何ももたずに海にきました
聞いたことがまだない音が響いたら其れはしあはせに正解したおと
観覧車のやうなる部品があまるからコーヒーミルをふたたび分解《ばら》す
人の繰《く》るマウスカーソルを目に追ふに似てさびしかり紙飛行機は
からうじてまばたきであるみじかさにあなたが閉ぢるあなたのまぶた
そよかぜがページをめくることはなくおもてのままにKindleをおく
タワーふたつが同じ高さに見えると云ふあなたの居場所を描く関数
しやぼんだまなる呼気のたまのぼりゆく　水より人類《ひと》はふたたび去らむ
さしだせるひとさしゆびに蜻蛉《せいれい》はとまりぬ其れは飛ぶための重さ

一九八〇年代生まれの歌人たち

石川美南
真偽のほどはわからぬ話

いしかわ・みな　一九八〇年神奈川県横浜市生まれ。東京外国語大学卒業。一九九六年に作歌を始め、「短歌朝日」への投稿やメーリングリスト「ラエティティア」にて活動。二〇〇〇年、同人誌「punch-man」参加、翌年解散。二〇〇二年、「祖父の帰宅／父の休暇」で北溟短歌賞次席。同年、同人誌「pool」創刊。

実は、短歌はファンタジー文学の一種である。古典和歌の時代からすでにそうだ。現実にはないものを詠み、現実に存在しないものに思いを馳せる。そういうスタイルととても親和性が高い。

石川美南は、少し不思議で妖しい世界観の短歌を作り上げる名人である。高校生のときから短歌雑誌に投稿し天才少女として知られていた。大学時代に、水原紫苑が早稲田大学で開講していた創作短歌ゼミを潜りで受講。そのときの講座仲間を中心に「punch-man」「pool」といった同人誌を作って活動してきた。そして現在に至るまで、どこの短歌結社にも属さず、特定の師匠も持たないというスタンスで短歌を続けてきている。

半分は砂に埋もれてゐる部屋よ教授の指の化石を拾ふ

窓がみなこんなに暗くなつたのにエミールはまだ庭にゐるのよ

茸《きのこ》たちの月見の宴に招かれぬほのかに毒を持つものとして

『砂の降る教室』

空から降る砂に埋もれてゆく大学キャンパス、きのこたちのお祭り、鍋の蓋連続盗難事件といった現実には絶対にありえない世界設定のもとで短歌を作り上げてゆく。完全に構築されたファンタジー世界というよりは、日常の裂け目に指を押し入れて広げてゆくような、そんな歌い方だ。大胆に言ってしまえば、石川美南は短歌にマジック・リアリズムの表現を導入しようとしている。そこが新鮮なポイントだ。

マジック・リアリズムとは、日常にあるものとないものとを融合した芸術表現のことである。ホルヘ・ルイス・ボルヘスやガルシア・マルケスといったラテンアメリカの小説家がその代表格とされる。実際、石川は海外文学から多大な影響を受けている。そういう素養を見抜かれたのだろうか、アメリカ文学者で翻訳家の柴田元幸から見出され、彼が責任編集を務めていた文芸誌「モンキービジネス」にも作品を発表している。同誌に掲載された『眠り課』という作品は、大森望編集のSFアンソロジー「年刊日本SF傑作選　超弦領域」にも収録された。歌人としてはかなり珍しく、オーバージャンル的な評価をされている。

歌集『離れ島』に収められている連作「物語集」は、文末が「〜話」で終わる奇想的な短歌を並べたもので、まさに「究極の怪談」としての短歌のエッセンスを楽しめる。この素養は、のちに東直子、佐藤弓生との共著で刊行した『怪談短歌入門　怖いお話、うたいましょう』にも結実している。石川美南の短歌の魅力は、とにかく無上に楽しい。そのことに尽きるのだ。

捨ててきた左の腕が地を這つて雨の夜ドアをノックする話
乱闘が始まるまでの二時間に七百ページ費やす話
咽喉に穴をあけた子どもがひうひうと音たて歩く砂漠の話
「発車時刻を五分ほど過ぎてをりますが」車掌は語る悲恋の話
コーヒーを初めて見たるばばさまが毒ぢや毒ぢやと暴るる話

『離れ島』

いってみれば、石川美南は、歌人の姿を借りた「語り部」なのである。伝説を語るのではなく、たいていの人々が見過ごしてしまう日常の中の「ヘンな瞬間」をすくい取って、そしてこの現実そのものがいかに「ヘンな世界」であるかを語ってみせる、現代の語り部。短歌は音楽好きな人の方がハマりやすい傾向があるのだが、珍しく小説好きほどハマるタイプの歌人というのもいて、石川美南はまさにそのタイプ。「物語らない物語」というものに、ちょっと挑んでみませんか。

石川美南

わたしたち全速力で遊ばなきや　微かに鳴つてゐる砂時計
目に刺さる光欲しくてシンバルをランプシェードの代はりに吊りぬ
半分は砂に埋もれてゐる部屋よ教授の指の化石を拾ふ
わたしだつたか　天より細く垂れきたる紐を最後に引つぱつたのは
桜桃の限りを尽くす恋人と連れ立ちて見に行く天の河
走り出せ青いロバども〈売却済〉シールを片つ端から剥がす
スプライトで冷やす首筋　好きな子はゐないゐないと言ひ張りながら
おまへんちの電話いつでもばあちやんが出るな蛙の声みたいだな
窓がみなこんなに暗くなつたのにエミールはまだ庭にゐるのよ
近眼のエリコ（あだ名はマヨネーズ）今日ものそのそ付いてくるなり
カーテンのレースは冷えて弟がはぷすぶるぐ、とくしやみする秋
茸《きのこ》たちの月見の宴に招かれぬほのかに毒を持つものとして
街中の鍋から蓋がなくなりて飛び出してくる蛇・うさぎ・象
グランドピアノの下に隠れし思ひ出を持つ者は目の光でわかる

『砂の降る教室』

『裏島』

石川美南

眠り課の暗躍により第五号議案もつつがなく夢の中

朦朧と昼餉の鐘が鳴りわたりほどなく課長消ゆ部長消ゆ

〈うなぎになりたい貴方のためのプチうなぎレッスン初回二時間無料〉

「二号室の吉村ですが増えすぎた茸のおすそわけに来ました」

荻窪は来る度に雨　ほの暗きトイレの壁に「住ミタイ」の文字

どしやぶりのテンションのまま掻き鳴らす「俺は人間なのかブルース」

月がビルに隠されたなら遺憾なく発揮せよ迷子の才能を

友だちのままで腐れてゆく縁を良しとしてゐるグリコのネオン

手品師の右手から出た万国旗がしづかに還りゆく左手よ

手を振つてもらへたんだね良かつたねもう仰向けに眠れるんだね

譲られたる帽子のやうに持て余す片恋、　それも夢の出来事

海猫がむだ・むだ・むだと鳴くといふ近ごろ本が読めないといふ

岸壁から時をり岩をこぼしつつ岬は語り続けてゐたり

遠くから楽しげに呼ぶ裏声の鬼さん・こちら・海・鳴る・方へ

石川美南

夜になれば移動する木々（まづは根を）（つづいて幹を）国境《くにざかひ》へと

終点と思へば始点　渡り鳥が組み上げてゆく夏の駅舎は

ドルーリィ・T・グレシャム氏、木蓮の雑種にSayonaraと名付けたる

口移しで分け与へたし王国のさみしい領土浅き領海

うろこ雲のひとつひとつを裏返しこんがり焼いてゆく右手かな

十月に長い休暇を取るのだとあなたの著者があなたに言はす

鳩に礼、冬空に礼、これからは寂しがらずに生きると誓ふ

からうじて強気な人よ　西風はうたふ涙腺上のアリアを

もう南へ飛び去りたくてたまらないつばめがシルクハットより出づ

食べ損ねたる手足を想ひ山姥が涙の沼を作つた話

捨ててきた左の腕が地を這つて雨の夜ドアをノックする話

右の手に地球左の手に林檎……結末は猿次第の話

銀ぶちの眼鏡をかけて二人ゆく悪のみち華やかなる話

乱闘が始まるまでの二時間に七百ページ費やす話

『離れ島』

石川美南

咽喉に穴をあけた子どもがひうひうと音たて歩く砂漠の話
空腹のあまり選手を喰らひたる鬼監督の凄い歯の話
午前二時のロビーに集ふ六人の五人に影が無かつた話
「発車時刻を五分ほど過ぎてをりますが」車掌は語る悲恋の話
下駄箱に未熟な手紙突つ込んで帰つた日から始まる話
コーヒーを初めて見たるばばさまが毒ぢや毒ぢやと暴るる話
上官が独り占めした乾パンを闇夜にまぎれ盗み出す話
眠る犬のしづかな夢を横切りて世界を覆ふ翼の話
みぞれ味と聞いて買ひたる飴玉が吹雪味とは　困つた話
犯人の好物はパフェ　綿密なる調査ののちにわかつた話
霊長類最後の夕べ沸騰する空を見てゐる老婆の話
瞬く間に手足が生へて本といふ本が地球を逃げ出す話
陸と陸しづかに離れそののちは同じ文明を抱かざる話
大空に雲が記してゆきたれど真偽のほどはわからぬ話

コラム

歌集ってどういう出版社から出ているの？

歌集や短歌雑誌を刊行している出版社を紹介してみます。これらの会社の名前を知っていると、歌集を買いたいときに便利です。

四大短歌雑誌の出版社

角川文化振興財団…月刊誌「短歌」の版元。言わずと知れた角川書店の関連法人。角川はもともと創立当時は歌集の出版社だったんですよ。歌集は「角川学芸出版」という社内ブランドからも出ている。

短歌研究社…月刊誌「短歌研究」の版元。あまり知られていないけど実は講談社系列。中井英夫が編集長をしていた「日本短歌社」を講談社が引き取った。

ながらみ書房…月刊誌「短歌往来」の版元。自らも「心の花」所属の歌人である及川（晋樹）隆彦氏が社主。「前川佐美雄賞」「ながらみ書房出版賞」を主催。

本阿弥書店…月刊誌「歌壇」の版元。「本阿弥」は社長の苗字で、別に能とかと関係あるわけではない。懐かしい雰囲気の公式サイトが特徴。

プロフェッショナルな歌集出版社

国文社…短歌の専門出版社というわけではないが、前衛短歌の歌人たちのベストアルバム的な「現代歌人文庫」というシリーズがとても便利。

砂子屋書房…太宰治のデビュー小説集を刊行した出版社の流れを汲む。「現代短歌文庫」というやはり歌人のベストアルバム的なシリーズがとても便利。

沖積舎…穂村弘の第一歌集『シンジケート』の版元として知られる。九〇年代に「現代短歌セレクション」というシリーズを刊行した。江戸川乱歩全集とかも出している。

不識書院…短歌雑誌に広告は出しているが、公式サイトがないためどういうとこかよくわからない出版社。ベテラン歌人の重々しい歌集をよく出している。

北冬舎…河出書房新社出身の柳下和久氏が社主。歌集のほかに、責任編集者を毎号ひとりの歌人に託する短歌誌「北冬」を刊行しており、密度が濃くて面白い。

歌人による歌人のための出版社

青磁社…「塔」所属の永田淳氏（永田和宏・河野裕子夫妻の長男）が社主をしている京都の出版社。装幀が凝っている。

柊書房…本阿弥書店出身で「コスモス」所属の歌人でもある影山一男氏が社主。

邑書林…本阿弥書店出身で俳人でもある島田牙城氏が社主。兵庫県尼崎市に所在。入手しづらくなった若手〜中堅の初期歌集を再編して安めに刊行してくれた「セレクション歌人」シリーズにはたいへんお世話になりました。

六花書林…ながらみ書房出身で「短歌人」所属の歌人でもある宇田川寛之氏が社主。「かばん」の最長老だった杉崎恒夫の歌集『パン屋のパンセ』がロングセラー。

勢いある新規参入組

いりの舎…月刊誌「うた新聞」の版元。社主の玉城入野氏は短歌新聞社出身で玉城徹の息子さん。

現代短歌社…月刊誌「現代短歌」「現代短歌新聞」の版元。解散した「短歌新聞社」という出版社の事実上の後継会社。七百二十円で買える文庫版歌集はたいへんありがたい。

書肆侃侃房…福岡市の出版社。加藤治郎・東直子と組んで「新鋭短歌シリーズ」「現代歌人シリーズ」を起ち上げ、話題作を次々と送り出している歌集出版の風雲児。

ふらんす堂…ぼくが第一歌集を出した出版社。句集の出版社としてもともと実力を知られていたが、最近は短歌関連書にも力を入れている。上品な装幀の本が多い。

港の人…鎌倉市の出版社。光森裕樹が第一歌集を出したことで、その丁寧な本造りの姿勢が歌壇に知れ渡った。本に帯を使わないのがポリシー。

左右社…本書の版元。実は詩集や俳句、川柳句集の刊行実績がある。時実新子の愛弟子が主宰のシリーズ句集などを刊行。これから歌集も出すかも？

岡野大嗣

それを混入事象と呼ぶ日

岡野大嗣は大阪府豊中市在住の歌人。主にインターネット上で短歌を発表しているが、日本経済新聞の穂村弘選歌欄などへの投稿歴もある。作歌をはじめて間もない時期に木下龍也の作品に出会って刺激を受け、今に至るまで短歌を続けているという。その木下龍也を含め数名で、「何らかの歌詠みたち」というユニットを結成し朗読などの活動をしているようだ。

岡野の歌にまず顕著なのは「システム」への批判的視点。二〇一四年の短歌研究新人賞次席となった「選択と削除」はとりわけそのエッセンスがあふれている。「便利なもの」「効率的なもの」「楽しいもの」という顔をして人間の前に現れては、人間の生命や身体や感情をコントロールしようとする「システム」。それに嫌悪を表明し、「システム」の網の目からこぼれた剥き出しの「命」に着目しようとする。その精神は中澤系が繰り返し詠んだテーマに近いが、岡野の場合ＳＦ的なイメージを用いずに、現代日本の日常風景に寄り添おうとする。

おかの・だいじ　一九八〇年大阪府生まれ。二〇一一年に作歌を開始。二〇一二年、木下龍也らとともにユニット「何らかの歌詠みたち」を結成。二〇一四年、「選択と削除」で第五十七回短歌研究新人賞次席。

骨なしのチキンに骨が残っててそれを混入事象と呼ぶ日　『サイレンと犀』

レジ上の四分割のモニターのどこにも僕がいなくて不安

六カ月間は死なない前提で買う六カ月通勤定期

二回目の死を待つ肉のために鳴るタイムセールの鐘朗らかに

一首目では、「骨なしチキン」という商品に骨が入っていたために「異常事態」として扱われたという状況を淡々と詠んでいる。言うまでもなく生物であれば骨が入っているのはむしろ正常だ。それが食肉として加工され人間にとって便利な「骨なしチキン」という商品に変わった瞬間に、価値観の転倒が起こる。一方二首目では、監視カメラのモニターに自分が写らなかったことを不安に感じている。安全を確保するという目的で全ての人を平等に監視するカメラ。岡野の歌は「システム」への批判的な視点はありながらも、管理社会を破壊しようとすることへの絶望にあふれている。この「僕」はむしろ、監視対象とならない自分を透明な存在だと捉えてしまうのだ。

塾とドラッグストアと家族葬館が同じにおいの光を
放つ

白というよりもホワイト的な身のイカの握りが廻っ
ています

地獄ではフードコートの呼び出しのブザーがずっと
鳴ってるらしい

村民が幸福になるイオンへの忠誠心の高い順から

『サイレンと犀』

岡野を支えるもう一つのテーマには、「郊外」があり、いわゆるロードサイド店舗といえる商業施設が頻繁に詠まれる。そもそも「システム」として網目なく設計された「郊外」の空間。ニュータウン的空虚感を刻みつけようとする現代短歌は近年急速に増えてきており（ぼくも札幌市郊外のニュータウン育ちなので自然と短歌のテーマになってしまう）、岡野作品もその一例となりうるだろう。

第一歌集『サイレンと犀』のあとがきには、「僕の短歌は、岡野大嗣という人間のモニュメントになんてならなくていい。」と綴られている。これは近代短歌の精神に真っ向に歯向かう考え方だ。近代短歌は「詠み人知らず」の精神を否定し、「ここにかけがえのない僕がいる」と叫ぶことを是とする「個の詩型」だ。そして現代短歌もおおかたはそれを踏襲する。

しかし岡野は、「僕の存在」を叫びたいのではなく、「ふとした瞬間に兆した何らかの感情」を共有する超時空のコミュニティを作るために短歌を提出しているようだ。「個の詩型」ではなく、「場の詩型」としての短歌を志向している。こうした姿勢は、短歌のポストモダンへの一つの回答となりうるだろう。

『サイレンと犀』

岡野大嗣

きれいな言葉を使ってきれいにしたような町できれいにぼくは育った

散髪の帰りの道で会う風が風のなかではいちばん好きだ

宵闇にブルーハワイのベロというベロが浮かんでいる夏祭り

えっ、七時なのにこんなに明るいの？　うん、と七時が答えれば夏

カーテンが外へふくらみ臨月のようで中身は4年3組

ともだちはみんな雑巾ぼくだけが父の肌着で窓を拭いてる

先生と弁当食べる校庭のレジャーシートの海はまぶしい

ひとりだけ光って見えるワイシャツの父を吐き出す夏の改札

一匹の虫も殺したことのない右手によって遂げた精通

現国の補講へ向かう少女らの傍線bの気持ちを述べよ

裾上げを待つ　ストⅡのデモ音がやけに響いているゲーセンで

買い取り拒否されたCD聴きながら案外わるくて笑える帰路だ

ハムレタスサンドは床に落ちパンとレタスとハムとパンに分かれた

E席の車窓に海がひろがってそれをAより見ているこころ

岡野大嗣

ＣＤの傷に生まれる音に似た光が踊る夜の車窓に

そこだけが高解像度　点滴の管の向こうのデスクカレンダー

友達の遺品のメガネに付いていた指紋を癖で拭いてしまった

線香を這う火のようにモノレールが終着駅へ向かうのを見る

もう声は思い出せない　でも確か　誕生日たしか昨日だったね

もういやだ死にたい　そしてほとぼりが冷めたあたりで生き返りたい

ならべるとひどいことばに見えてくる頑張れ笑え負けるな生きろ

信じれば夢は叶うという夢を信じ続けた被害者の会

若いとき買ってまでした苦労から発癌性が検出される

兄さんへ　高く飛んでも人生は変わらなかった　じゃあね（ルイージ）

じいさんがゆっくり逃げるばあさんをゆっくりとゆっくりと追いかける

きみがきみの道を向くとき僕はそのうしろで小さくならえをするよ

脳みそがあってよかった電源がなくても好きな曲を鳴らせる

消しゴムも筆記用具であることを希望と呼んではおかしいですか

岡野大嗣

踏んづけた蜂は生きてたあの夏のプールサイドのバケツのなかで

生きるべき命がそこにあることを示して浮かぶ夜光腕章

母と目が初めて合ったそのときの心でみんな死ねますように

グレゴール・ザムザは蟲になれたのに僕には同じ朝ばかり来る

スタンスは持ってないけど立ち位置はＧＰＳが示してくれる

「もしかして知り合いかも」に現れる名がことごとくことごとく戒名

ひとりでも生きていけるという旨のツイートをしてリプを待つ顔

生年と没年結ぶハイフンは短い誰のものも等しく

朝焼けが始発電車とその中の2着目タダのわたしをつつむ

空席の目立つ車内の隅っこでひとり何かをつぶやいている青年が背負っているものは手作りのナップサックでそれはわたしの母が作った

ビニールにマジック書きで「豚」とあり直に書いてあるようにも見えた

骨なしのチキンに骨が残っててそれを混入事象と呼ぶ日

20階相当からの眺望に余計な命は写っていない

岡野大嗣

まもなくひがくれます　ナビの案内を無視して空が青を維持する
ラッセンの絵の質感の夕焼けにイオンモールが同化してゆく
塾とドラッグストアと家族葬館が同じにおいの光を放つ
レジ上の四分割のモニターのどこにも僕がいなくて不安
トピックス欄に訃報が現れてきらきら点るＮＥＷ！のアイコン
雨の日は雨の降らないストリートビューを歩いてきみの家まで
六カ月間は死なない前提で買う六カ月通勤定期
白というよりもホワイト的な身のイカの握りが廻っています
地獄ではフードコートの呼び出しのブザーがずっと鳴ってるらしい
村民が幸福になるイオンへの忠誠心の高い順から
二回目の死を待つ肉のために鳴るタイムセールの鐘朗らかに
きみという葡萄畑の夕暮れにたった一人の農夫でいたい
電線の束を目で追うこの街の頸動脈の位置をさがして
ジャンクションの弧線が光る　ささやかな意志の前途を讃えるように

花山周子

職業適性検査の結果「運搬業」

はなやま・しゅうこ　一九八〇年東京都生まれ。武蔵野美術大学造形学部油絵学科卒業。母は歌人の花山多佳子。一九九九年、「塔」短歌会入会。二〇〇八年、第一歌集『屋上の人屋上の鳥』で第十六回ながらみ書房出版賞受賞。「塔」短歌会、同人誌「豊作」、[sai]に所属。

花山周子というとすぐに思い出してしまうエピソードがある。又聞きの話なのだが、目標とする歌人は誰かと穂村弘に問われて「ベートーヴェン。『運命』ではなくピアノ曲の方の」と答え、穂村をたじろがせたそうだ。かっ飛びっぷりが実によくわかる。いつもひょうひょうとしている穂村弘をたじろがせられるのは並大抵のことではない。

母は「塔」の選者である花山多佳子、祖父は戦後短歌の孤高として知られる玉城徹という家系に育った、歌の家の生まれである（もっとも祖父の玉城徹とは数えるほどしか会ったことがないらしいが）。短歌を知ったきっかけは家族の影響という例は結構多い。

しかし花山周子の作風は伝統や正統性といったものからははるか遠くにある、異形とすらいってもいいものだ。佐佐木信綱の孫である佐佐木幸綱もそうだが、歌の家系も三代目くらいになると「本来短歌とは縁がなくてもおかしくないタイプなのにたまたま家にあった歌集を手にとってしまった」という人間が出てくるのかもしれない。ベートーヴェンのエピソードを聞いたとき、花山周子はもはや母や祖父を超えたのではないかという思いにとらわれたものだ。

第一歌集『屋上の人屋上の鳥』は八六〇首と、現代の歌集としてはかなり異例なほど歌数が多い。ぼくは歌数の多い歌集は普段好まないのだが、この歌集についていえばあまりの物量攻撃から来る酩酊感が独自の効果を発揮していると感じないこともない。この酩酊感こそが、花山周子の短歌の生命線である。

笛の音《ね》の「後ろの正面」流れおり　我はヌードモデルを描《か》きおり

耳もとで蝿のうなる夜《よる》　君がだんだん巨大な人になる

ムーミン谷の色彩が嫌　放射能を浴びたる後の視界のようで

『屋上の人屋上の鳥』

美大出身者らしく、現実に見えている視界のなかの空間と色彩の配置をたえず意識している。そして同時に、それが狂っておかしなことになってゆく想像も絶えることがない。花山周子の短歌は読んでいると不安になる。自分の見ている世界は本当に正しいのだろうか。世界はこれほどまでに歪んでいるものなのだろうか。ムンクの絵を見たときの印象にも近い。

　このどうにも不安定な印象は、リズムにも反映している。本来七音になるべきところが六音になったりするような、字足らずが多いのだ。リズムが脱臼して読みづらくなるので、一般に字足らずはあまり好まれないテクニックである。しかし花山周子の場合はそのリズムの脱臼こそをねらっているところがあり、たった一行の短歌を、遠近感の狂った奥行きのない絵のように感じさせることがある。

『現代日本産業講座』の角《かど》が頭に当たれば即死するなり

正座して「個性を高めるのよ。」とひとしきりうなずく人達に囲まれている

この頃思い出《い》ずるは高校の職業適性検査の結果「運搬業」

木村拓哉は知っている顔に似ていると考えて結局それは木村拓哉なり

『屋上の人屋上の鳥』

花山周子は本質的には口語発想をベースとした歌人であるが、ときにわざと「なり」とか「らし」とか古語風の語尾を用いてすっとぼけたような歌を作ることがある。独特の遠近感の狂った絵のような世界観が、言葉としてのおかしみに転化するとき、思わず苦笑するしかないユーモアへと進化してゆく。読んでいるうちにときにくらくらとして、そしてたまに笑える。そういうところが花山周子の短歌の魅力である。

花山周子

『屋上の人屋上の鳥』

笛の音《ね》の「後ろの正面」流れおり　我はヌードモデルを描《か》きおり

心臓の鼓動に揺れる子うさぎが野球場に一匹いたり

君の額《ひたい》はじめて見たり台風の風が吹き抜ける屋上で今

耳もとで蠅のうなる夜《よる》　君がだんだん巨大な人になる

白い桜が白い団地の壁に風の吹くたび青い影を投げおり

春というオーケストラの楽隊に家々の窓壊されゆけり

美大生の共通語のひとつなる「制作中」と言いて断る

美術館を巡り巡って落ちゆけるわが内臓は深海にある

ゴキブリをたくさん殺しし夜の明け朝焼けを見に家を出《い》でたり

そこらじゅうで子供はいつも大げさに鼓動して息をして表現しおり

『現代日本産業講座』の角《かど》が頭に当たれば即死するなり

弟を如何に殺すか思案せし日々を思いぬ栗をむきむき

金稼ぐことといろいろに考えて興奮をして熱を出したり

ぎっしりと団地にみどり童話にもこんなみどりはなかっただろう

花山周子

少しずつ嫌いに傾きゆく人に手品をわれは見せているなり

私と弟が言い争うとき母の集中力がアップするらし

「足を洗う」と吐く人のいて美術大学は隔離されゆく

秒針はメモリを舐めて進みゆく引き延ばされる春昼下がり

湧く雲に影の兆して少年の夏服の肩　車窓に映る

この空の青の青さにやってきた屋上の人屋上の鳥

正座して「個性を高めるのよ。」とひとしきりうなずく人達に囲まれている

葱の根の干からびたような髪をして永田和宏徘徊をせり

鳩よけて人がゆくのか人よけて鳩が飛ぶのか上野公園

友達は私のいないときの私の自画像を怖いと言うなり

桜咲く日暮里墓地に佇めば自《おの》ずと知れるからすの配置

この人を好きだと思う　並木道に並木の構図を語りていれば

モノクロの闇の中より降り注ぎ女優の顔に光りいる雨

目を閉じていつも見ていた風景に傷のごとくに蟻の這いくる

花山周子

この頃思い出《い》ずるは高校の職業適性検査の結果「運搬業」
モノクロの画像としての教室にランドセルみな黒く置かれぬ
夕暮れの受験会場に人捌《は》けて液体のごとき自画像残る
官僚のごとき物言いする人のシンメトリーな眉毛を持てり
デッサンのモデルとなりて画用紙に十字よりわれの顔は始まる
ムーミン谷の色彩が嫌　放射能を浴びたる後の視界のようで
われにある季節感は十二年の学校生活に因《よ》るところなり
体から火を噴くような声たてて笑い飛ばしてやろうさ君を
お金の計算が好きなり桁繰り上がるたび胸はときめく
三年に一度くらいはわたしの見る風景の中、君、立っておくれよ
木村拓哉は知っている顔に似ていると考えて結局それは木村拓哉なり
もう無理！無理無理無理無理無理テンパってぱってぱってと飛び跳ねており
電話したいと思うときには朝の四時うらがえしても朝の四時なり
富士山の見える季節となりにけりあのてっぺんでたばこを吸った

花山周子

蒲団より片手を出して苦しみを表現しておれば母に踏まれつ

君が好き　強い陽射しを浴びて立つ夏の樹木のようで好きだよ

石膏像マルスを奪え　思い出が消え去る前に抱えて走れ

われもまた色彩だろう雨はじく油絵の具のような色彩

白い息人は吐きいる永遠の青ぞらいっぱいの無色の孔雀

どうしても君に会いたい昼下がりしゃがんでわれの影ぶっ叩く

外来船の鳴らす汽笛は暮れ方の頭上を水切りのごとくに渡る

寒き日を横浜スタジアムの噴水はだらしなく水こぼしいるなり

歯磨きはもう飽きたからやめようか、というふうにいかない人の営み

ミッキーマウスの顔の不気味な構造に描こうとしつつ驚いている

じっとしてんじゃないぜ喫煙者。煙のように消えてしまうぜ。

座布団に正座しており考えることが山ほどあるど真ん中

ご機嫌な弟のハミング、スピッツから美空ひばりになりゆくあわれ

後ろからも前からも私一人なりビニール傘は風がさらって

『風とマルス』

永井祐

ぼくはこっちだから　じゃあまたね

短歌の読者になった頃に、いちばん何かとディスられていた歌人が永井祐だった。そのほとんどが頭の硬い上司が新入社員につけるいちゃもんのようなものばかりだった。ぼくは新入りだったから、新入社員に肩入れしたくなった。もちろんそればかりではなくちゃんと短歌にも感動していた。次世代の短歌を担う最も重要なキーパーソンといえる歌人だとずっと信じている。

作風は完全な口語短歌である。空想や奇想はほとんど使わず、ただ都市風景のなかで目に入ったものや経験したことを、淡々とローテンションに叙述する。そこに一見何の思想性もうかがえないように見えるのが、新入社員のようなディスられ方をする理由だった。しかし実際は、確固として揺らがない文体の強さがあり、現代社会のリアルが何よりも詰まっている。

ながい・ゆう　一九八一年東京都生まれ。一九九九年、「早稲田短歌会」入会。二〇〇二年、「総力戦」で北溟短歌賞次席、二〇〇四年、「冒険」で歌葉新人賞最終候補。「ガルマン歌会」などに参加。

パチンコ屋の上にある月　とおくとおく　とおくとおくとおく海鳴り

何してもムダな気がして机には五千円札とバナナの皮

アルバイト仲間とエスカレーターをのぼる三人とも一人っ子

大みそかの渋谷のデニーズの席でずっとさわっている1万円

タクシーが止まるのをみる（1 2 3　4）動き出すタクシーを見る

『日本の中でたのしく暮らす』

東京という透明で匿名的な大都会で生活する、経済的に恵まれているとはいえないような普通の若者。それでもそれなりになんとかうまく日々をこなしていって、それなりの幸福を求めることをライフハックとするしたたかな若者。そんな登場人物像が浮かんでくる。永井祐の歌に頻出するユニークなモチーフとして、「お金」と「数字」が挙げられる。ただの紙に貨幣価値というファンタジーを与えて回ってゆく不思議な社会の隙間に、お金がただの物質になる瞬間がときおり現れる。すべてが数値化されてゆく世界に違和感を覚えながらもなんとか渡り合っていこうとする心情が、きっと「お金」と「数字」というモチーフへの執着を生んでいる。数字を詠み込むときにアラビア数字での表記を好み、初出では漢数字だったものをわざわざアラビア数字に直した例さえある。アラビア数字は漢数字よりも記号的だ。より記号的な表記をすることで、訴えたいものがあるのだろう。

あの青い電車にもしもぶつかればはね飛ばされたりするんだろうな

わたしは別におしゃれではなく写メールで地元を撮ったりして暮らしてる

月を見つけて月いいよねと君が言う　ぼくはこっちだからじゃあまたね

『日本の中でたのしく暮らす』

だらだらした韻律と特にやる気をみせる素振りのない登場人物像を引き合いに出されては、「闘う気がない歌」と批判され続けてきた永井祐。しかし本人は特に反論もせず、だらだらした韻律の歌を作り続けたまま一家を成そうとしている。それが彼なりの闘い方、生き抜き方の方法論を示しているからだ。こうした世界観は、「チェルフィッチュ」の岡田利規など現代の小劇場演劇の潮流を思わせる。

永井祐はよく歩く。歩きながら都市を眺め、都市の中の自然も眺める。そして「ごく普通の東京の青年」の言葉で歌を作る。斎藤茂吉や土屋文明からの影響を公言する永井祐の方法論は、実は真の意味での近代短歌の方針に近い。従来のリアリズムを更新しようとする「ネオリアリズム」の歌人なのである。

最後の純粋な近代歌人にして、ポストモダン短歌のトップランナー。それが永井祐だ。

『日本の中でたのしく暮らす』

永井祐

「人生は苦しい」（たけし）「人生はなんと美しい」（故モーツァルト）
白壁にたばこの灰で字を書こう思いつかないこすりつけよう
あの青い電車にもしもぶつかればはね飛ばされたりするんだろうな
あ　4時の28分　思うとき一つ傾きもうそうじゃない
窓の外のもみじ無視してAVをみながら思う死の後のこと
ゆるいゆるい家路の坂の頂上でふと地球上すべてが見える
ここにある心どおりに直接に文章書こう「死にたい」とかも
新しく宗教やろう爆風で屋根が外れた体育館から
目を閉じたときより暗い暗闇で　後頭部が濡れてるような感じ
次の駅で降りて便所で自慰しよう清らかな僕の心のために
パチンコ屋の上にある月　とおくとおく　とおくとおくとおくとおく海鳴り
何してもムダな気がして机には五千円札とバナナの皮
女もののジーンズのまま階段に座ってるとき出てた半月
食事の手とめてメールを打っている九月の光しずかなときを

永井祐

アルバイト仲間とエスカレーターをのぼる三人とも一人っ子

昼過ぎの居間に一人で座ってて持つと意外に軽かったみかん

ラジカセがここにあるけどこわれてるそして十二月が終わりそう

五円玉　夜中のゲームセンターで春はとっても遠いとおもう

東京に春の大雪　BBSで出会う4人はバンドをつくる

山手線とめる春雷　30歳になれなかった者たちへスマイル

はじめて1コ笑いを取った、アルバイトはじめてちょうど一月目の日

十二月　ライブハウスで天井を見上げたら剥き出しの配線

1千万円あったらみんな友達にくばるその僕のぼろぼろのカーディガン

どう　たのしい　OLは　伊藤園の自販機にスパイラル状の夜

夕焼けがさっき終わって濃い青に染まるドラッグストアや神社

リクナビをマンガ喫茶で見ていたらさらさらさらと降りだす夜の雨

大みそかの渋谷のデニーズの席でずっとさわっている1万円

日本の中でたのしく暮らす　道ばたでぐちゃぐちゃの雪に手をさし入れる

永井祐

テレビみながらメールするメールするぼくをつつんでいる品川区

パーマでもかけないとやってらんないよみたいのもありますよ　1円

たよりになんかならないけれど君のためのお菓子を紙袋のままわたす

タクシーが止まるのをみる（1 2 3　4）動き出すタクシーを見る

朝からずっと夜だったような一日のおわりにテレビでみる隅田川

二十五歳になって体がやせてくる夜中に取り出すたばこといちご

元気でねと本気で言ったらその言葉が届いた感じに笑ってくれた

終電で関西弁にかこまれてどきどきしながら三月おわり

人のために命をかける準備するぼくはスイカにお金を入れて

何かこわれる空気の中を歩いたらあちらこちらの五月の光

わたしは別におしゃれではなく写メールで地元を撮ったりして暮らしてる

三十代くらいのやさしそうな男性がぼくの守護霊とおしえてもらう

君と特にしゃべらず歩くそのあたりの草をむしってわたしたくなる

2 0 0円でおいしいものを手に入れろ　残暑のゆれるところをすすむ

永井祐

鼻をすってライターつけるおいしいなタバコってと思って上を向く
『とてつもない日本』を図書カードで買ってビニール袋とかいりません
今日は寒かったまったく秋でした　メールしようとおもってやめる　する
ポッキーの側面にある「平井堅」があけたら「平井」と「堅」にわかれた
上半身はだかではだかのCDの山からはだかの一枚を取る
会わなくても元気だったらいいけどな　水たまり雨粒でいそがしい
この文面で前にもメールしたことがあるけどいいや　君まで届け
グーグルの検索欄にてんさいと書いて消すうんこと書いて消す
おじさんは西友よりずっと小さくて裏口に自転車をとめている
アスファルトの感じがよくて撮ってみる　もう一度　つま先を入れてみる
月を見つけて月いいよねと君が言う　ぼくはこっちだからじゃあまたね
ぼくの人生はおもしろい　18時半から1時間のお花見
去年の花見のこと覚えてるスニーカーの土のふみ心地を覚えてる
ある駅の　あるブックオフ　あの前を　しゃべりながら誰かと歩きたい

笹井宏之
まちがえて図書館を建てたい

ささい・ひろゆき　一九八二年佐賀県生まれ。佐賀県立武雄高校を病気により中退。二〇〇四年に作歌を開始。二〇〇五年、「数えてゆけば会えます」で第四回歌葉新人賞受賞。二〇〇七年、「未来」短歌会入会、加藤治郎に師事。同年、未来賞受賞。二〇〇九年死去。

「澄み切った透明な詩世界」。笹井宏之の世界観はまさにそういうものだ。口語をベースに、思いもよらないモチーフ同士をぶつけ合う二物衝突の技法を用いて、幻想的な世界を描く。その幻想性も、ディテールまで完璧に構築された異世界ではなく、かといって日常と非日常が交じり合うマジック・リアリズムでもなく、まるでおもちゃ箱の中身を適当にぶちまけたときのめちゃくちゃな散らばり具合を楽しむようなささやかで可愛らしい空想である。いうならば、本物の星空ではなくプラネタリウムのような短歌だ。

表面に〈さとなか歯科〉と刻まれて水星軌道を漂うやかん

「はなびら」と点字をなぞる　ああ、これは桜の可能性が大きい

水田を歩む　クリアファイルから散った真冬の譜面を追って

思い出せるかぎりのことを思い出しただ一度だけ日傘をたたむ

『ひとさらい』

笹井宏之の短歌は確かに幻想的といえるが、ここで描かれている視界は彼にとっては、紛れもないリアルそのものだったのだろう。幼少時からの難病でほとんど寝たきりだった。布団の中で携帯電話で歌を作り続け、それをインターネット上に発表して注目を集めるようになった。正岡子規がそうだったように、狭い世界に生きることを余儀なくされている者は、ほんのわずかな花の揺れなどを気にするような微視的世界に集中した視線を向けようとする。笹井宏之もそんな「病床詠」の系譜として見ることもできるだろう。その一

方で、インターネットというあまりに広く開かれた空間も彼の前にはあった。とてつもないマクロとてつもないミクロだけで世界が構成されていて、中間がない。だから「水星軌道」と「やかん」をぶつけることだってできた。

「雨だねぇ　こんでんえいねんしざいほう何年だったか思い出せそう？」

みんなさかな、みんな責任感、みんな再結成されたバンドのドラム

席替えで大成功をおさめます　すべての艱難辛苦のために

ジョギングのおじさん、ついに抒情するときですかなり発揮できます

『ひとさらい』

笹井宏之を過去形でしか語れないのは、実は故人だからだ。純白で死の匂いをどこかに内包した歌を残して、二十六歳で夭折した。私は生前の彼と、オンラインの歌会でほんの少しだけ言葉のやりとりを交わしたことがある。繊細でナイーブな詩人気質という部分もないことはなかったけれど、決して弱々しくはなかった。人を笑わせるジョークの好きな柔和な人だった。おもちゃ箱をぶちまけたような短歌の中にはユーモアと遊び心にあふれたものもいっぱいあって、実はむしろそういう部分の方が笹井宏之の素顔であり本質なのではないかとも思ったりもする。

　本名の筒井宏之で、地元佐賀新聞の文芸欄に投稿していたこともある。没後編集の第二歌集『てんとろり』、第三歌集『八月のフルート奏者』にはその投稿作も収められている。そのときは旧仮名を用いるなど作風を少し変えていた。「笹井宏之」として全国的に名を知られつつあったのに投稿を続けていた理由は、採用されれば祖父母が喜んでくれるからというものだった。自分のためではなく、誰かを楽しませたい、誰かのために歌を届けたい、そういう意識の強い歌人だった。彼の歌を読もうとしている読者も、何も深く考えないで心を預けて楽しむのがいい。それが最も彼の魂に近いのだ。

笹井宏之

『ひとさらい』

えーえんとくちからえーえんとくちから永遠解く力を下さい

からっぽのうつわ　みちているうつわ　それから、その途中のうつわ

猫に降る雪がやんだら帰ろうか　肌色うすい手を握りあう

頚椎へ釘打つ職人コンゴ地区優勝候補全員逮捕

表面に〈さとなか歯科〉と刻まれて水星軌道を漂うやかん

このケーキ、ベルリンの壁入ってる？（うんスポンジにすこし）にし？（うん）

「雨だねぇ　こんでんえいねんしざいほう何年だったか思い出せそう？」

内臓のひとつが桃であることのかなしみ抱いて一夜を明かす

「はなびら」と点字をなぞる　ああ、これは桜の可能性が大きい

真水から引き上げる手がしっかりと私を掴みまた離すのだ

拾ったら手紙のようで開いたらあなたのようでもう見れません

あまがえる進化史上でお前らと別れた朝の雨が降ってる

上空のコンビニエンスストアから木の葉のように降ってくる遺書

春の子は恋もシアン化カリウムの漏えい措置もたぶん知らない

笹井宏之

栄光の元禄箸を命とか未来のために割りましょう、いま
集めてはしかたないねとつぶやいて燃やす林間学校だより
この森で軍手を売って暮らしたい　まちがえて図書館を建てたい
水田を歩む　クリアファイルから散った真冬の譜面を追って
レシートの端っこかじる音だけでオーケストラを作る計画
それは世界中のデッキチェアがたたまれてしまうほどのあかるさでした
音速はたいへんでしょう　音速でわざわざありがとう、断末魔
ひまわりの顔が崩れてゆく町で知らないひとにバトンをわたす
トンネルを抜けたらわたし寺でした　ひたいを拝むお坊さん、ハロー
一生に一度ひらくという窓のむこう　あなたは靴をそろえる
みんなさかな、みんな責任感、みんな再結成されたバンドのドラム
席替えで大成功をおさめます　すべての艱難辛苦のために
野菜売るおばさんが「意味いらんかねぇ、いらんよねぇ」と畑へ帰る
思い出せるかぎりのことを思い出しただ一度だけ日傘をたたむ

笹井宏之

ねむらないただ一本の樹となってあなたのワンピースに実を落とす

ジョギングのおじさん、ついに抒情するときです　かなり発揮できます

胃のなかでくだもの死んでしまったら、人ってときに墓なんですね

果樹園に風をむすんでいるひとと風をほどいているひとの声

ぼろぼろのアコーディオンになりはててしまった天国行きの幌馬車

霊園にただ一度だけ鳴らされた無名作曲家のファンファーレ

ほしのふるおとを録音しました、と庭師がもってくるフロッピー

冬空のたったひとりの理解者として雨傘をたたむ老人

美しい名前のひとがゆっくりと砲丸投げの態勢にはいる

いつからか貝の匂いをさせていた　シーツにまるくなってあなたは

ひまわりの亡骸を抱きしめたままいくつもの線路を越えてゆく

午前五時　すべてのマンホールのふたが吹き飛んでとなりと入れ替わる

小説のなかで平和に暮らしているおじさんをやや折り曲げてみる

こどもだとおもっていたら宿でした　こんにちは、こどものような宿

『てんとろり』

笹井宏之

風。そしてあなたがねむる数万の夜へわたしはシーツをかける
だまし絵に騙されあっていましたね　でたらめにうつくしかった日々
君の目の水平線を染めてゆく太陽というさみしい組織
そのゆびが火であることに気づかずに世界をひとつ失くしましたね
ひきつづき私は私であるでしょう　ところによりあなたをともなって
ひらかれてゆくてのひらを鳥が舞いみえかくれする島のきりぎし
感覚のおこりとともにゆびさきが葉でも花でもないのに気づく
みずとゆきどけみずであうきさらぎの、きさらぎうさぎとぶ交差点
さようならが機能をしなくなりました　あなたが雪であったばかりに
冬の夜の終わり　人工衛星が季節切り裂きつつ落ちてゆく

『八月のフルート奏者』

冬ばつてん「浜辺の唄」ば吹くけんね　ばあちゃんいつもうたひよつたろ
パチスロの明かりが夜の水田を覆ふ　綺麗と思つてしまふ
ひぐらしのオーケストラを終はらせて指揮者は西へ西へ帰らん
蜂蜜のうごきの鈍ささへ冬のよろこびとして眺めてをりぬ

山崎聡子

さようならいつかおしっこした花壇

やまざき・さとこ　一九八二年栃木県生まれ。早稲田大学在学中に作歌を始め、二〇〇二年に早稲田短歌会入会。二〇一〇年、「死と放埒なきみの目と」で第五十三回短歌研究新人賞受賞。二〇一四年、第一歌集『手のひらの花火』で第十四回現代短歌新人賞受賞。「未来」短歌会、「pool」所属。

山崎聡子の短歌は、ぼやけながら揺らいでいる断片的な過去の記憶のようである。いつか見た風景のようであり、初めて見た風景のようでもある。実際、「過去」というテーマは第一歌集『手のひらの花火』のなかでも、重要な意味を持つ存在としてたびたび立ち現れている。

飛び込み台番号（7）のうえに立ち塩素の玉のきらめき見てる

制服を濡らしてわたし、みずたまりゆれる校庭の真ん中にいる

冷水で手をよく洗う　親ウサギが子どもを踏んで死なせた朝に

『手のひらの花火』

小中学生時代の追憶だろうか。これら過去の記憶をテーマとした作品は、九〇年代の空気が濃厚に立ち込めている。バブル崩壊後で経済的には停滞し、しかし九・一一以後の世界全体の激動には巻き込まれる前の、わずかながら日本に牧歌性が残っていた時代。ぼくもほぼ同じ時代に少年期を過ごしたからなんとなく通じるものがある。

「卵とカルピス」という連作は小学生の時の用務員さんとの交流をモチーフとした作品で、この用務員さんは四十歳過ぎながら独身で、子供たちを自分のアパートで遊ばせるのが好きという、社会から少しはみ出しかけた存在だった。このような人物に象徴される、「時代から爪弾きにされつつあるがまだぎりぎりで踏みとどまっている存在」を、すでに彼らが消えてしまった時代に生きる女性が追憶する。だから単に懐かしいばかりではない。むしろ痛みや、ときには少しねじれた読後感を与えてくれることすらある。

指紋とけてなくなった指さしだして「お護りください、神さま」と言う
まだ熱をもってる瓦礫その跡にセーラー服をひるがえし立つ
果たされずいる約束を閉じ込めたびいどろ歪んで溶けてそれだけ　「グロリア」
声の大きい大叔父、日陰の金魚草、やたら電飾だらけの神社
国道を薄着でひとり渡るとき鮮やかだった昼のことなど　「四号線」

ともに『手のひらの花火』所収の連作。「グロリア」は太平洋戦争末期に日本軍が開発した「風船爆弾」という兵器をモチーフにしており、おそらくは山崎自身の祖母の戦争体験が背景に織り込まれている。風船爆弾は女学生たちが和紙とこんにゃく糊を用いて作った気球型爆弾で、海を渡ってアメリカへと到達することを目指したものだった。当然ほとんど役に立たず、直接の死者は子供を含む六人だけだった。「四号線」は山崎の故郷・栃木県を通る国道四号線のこと。「通過する」ことが主目的となっている郊外に生まれ育ったことへの諦念が描かれる。

歴史性や風土性も織り交ぜながらざらついた画質の記憶を反芻する手法は、写真に近いのかもしれない。山崎の関心の先にあるのはストーリーテリングよりも、瞬間瞬間の積み重なりなのだろう。山崎が短歌という方法で目指しているのは、日常の中を過ぎ去ってゆく雑多な風景や言葉ひとつひとつを鮮やかに色づかせること。記憶を定着させるために眠り夢を見る、それとほとんど同じ手続きが、山崎にとって歌を作ることに他ならない。歴史というテーマに題を求めるのも、歴史を自らの記憶として身体化させたかったからだろう。だから、たとえばモノクロ写真を愛好する者などは、山崎聡子の歌に魅力を感じるかもしれない。ブレやゆらぎすらも、風景を言葉によって刻みこむための重要な方法なのだ。

山崎聡子

飛び込み台番号（7）のうえに立ち塩素の玉のきらめき見てる

塩素剤くちに含んですぐに吐く。遊びなれてもすこし怖いね。

縁日には、おかまの聖子ちゃんが母さんと来ていた、蜻蛉柄の浴衣で

早売りのジャンプのために自転車を飛ばす「モーテルピッコロ」越えて

動物記の裏表紙なる「いさましいジャックうさぎ」が浴びる夕焼け

セーターを脱げばいっせいに私たちたましいひとつ浮かべたお皿

制服にセロハンテープを光らせて（驟雨）いつまで私、わらうの

このあつい両手を冷ます風を待つ体育館へとつづく外階段

鉄塔のよう砂のうえ寝ころんで君と見上げるジャングルジムは

制服を濡らしてわたし、みずたまりゆれる校庭の真ん中にいる

いくつもの名前を呼んで私から遠ざかりゆく放課後の窓

ストローの袋で芋虫折りながら「もう制服じゃないから」なんて

二日月息してふいに線になる菖蒲で切った傷が痛んで

膨らんできちゃった君にあいたくて膨らんじゃった首のリンパも

『手のひらの花火』

山崎聡子

ベランダへ細く煙が流れてく「そうしていると猫背、目立つね」
冷水で手をよく洗う　親ウサギが子どもを踏んで死なせた朝に
生き残りの子ウサギ両手でつかんでは「これが心臓の手ざわり」という
「秘密ね」と耳打ちをして渡された卵がぐらぐら揺れるポケット
甘ったるい歌詞くちずさむ八月の土手燃えるよう、落下傘花火
ゲームセンターの青い光のなかにいて綺麗なままで死ぬことを言う
排卵日小雨のように訪れて手帳のすみにたましいと書く
舌先は感情だから取り出してそれからしまう赤い舌先
真夜中に義兄の背中で満たされたバスタブのその硬さをおもう
ペディキュアを塗っては十の足指をひたむきにサンダルに沈める
義兄とみる「イージーライダー」ちらちらと眠った姉の頬を照らせば
肺ふかく暗闇をもつ君といて手持ち花火は高く掲げよ
火は記憶に似ているきみがくすぶった火種に息を吹きかける夜
さようならいつかおしっこした花壇さようなら息継ぎをしないクロール

山崎聡子

銃殺を見た俺なのだミュージックビデオに揺れる50《フィフティー》セント

一度きり行ったね海沿いの道々にこわれた車が並ぶきみの町

ラップトップの光のなかで教科書のインクのにおい吸い込んだ夜

「アジア系の女の子たちは」とくくられる日々炭酸を飲んで過ごせり

廃車場の暗がりを抜けきらきらと目にもまばゆい神社へ、歩く

宵祭り　うんていの濃い影のうえつっ立っている幼友達

薄荷パイプくわえるユカの甘美なる笑顔とネイルの褪めたオレンジ

慣れないことに囲まれ生きる日々だから正しい位置にしまう温度計

指紋とけてなくなった指さしだして「お護りください、神さま」と言う

まだ熱をもってる瓦礫その跡にセーラー服をひるがえし立つ

燃え残った門扉にその朝ふれたこと私あなたに話したかった

まだ青いすすき野原をゆくときにわたしを追ってあそぶ影、影

封筒のただ一枚を棺として還ってきたという兄たちよ

海越えて届いたはがきの宛先の「南」というその番地にさわる

山崎聡子

果たされずいる約束を閉じ込めたびいどろ歪んで溶けてそれだけ

湿らせた青い切手よわたくしの体温うすく保って届け

十代のリバー・フェニックスのまなざしを映して消えぬ水たまりあれ

発火点、沸点、冬の朝きみの着替えのしぐさを見る、引火点

カーテンがいくつも揺れて真夜中に見たねほの暗い目をした電車

電車って燃えつきながら走るから見送るだけで今日はいいんだ

夕ぐれを告げるチャイムよ濡れたまま裸足のままで生きてゆきなよ

息止めてこの坂道を下りきる永遠ににた遊びをしよう

ネオン目に映してわらいこの夜の弱さのことを語り合いたい

忠魂碑　きれいな釦《ボタン》つけたシャツ着てはほほ笑む戦死者のこと

声の大きい大叔父、日陰の金魚草、やたら電飾だらけの神社

国道を薄着でひとり渡るとき鮮やかだった昼のことなど

水飲み場で洗う傷口わたしから奪われていく熱の悲しさ

制服の日々を遠くに思いつつ窓辺に研いだ包丁を置く

加藤千恵

いつかばらけることを知ってる

かとう・ちえ　一九八三年北海道旭川市生まれ。立教大学文学部卒業。二〇〇〇年、「うたう」作品賞佳作。二〇〇一年、枡野浩一のプロデュースにより第一歌集『ハッピーアイスクリーム』を刊行。二〇〇九年、『ハニー ビター ハニー』で小説デビュー。二〇一五年より朝井リョウとともに「オールナイトニッポンZERO」のパーソナリティを担当。

加藤千恵はもしかするとぼくが初めて知った「生きている歌人」かもしれない。北海道旭川市に在住していた高校生のときから枡野浩一のウェブサイトの掲示板などに短歌を投稿するようになり、枡野の強い推薦によって十八歳の若さで第一歌集『ハッピーアイスクリーム』を刊行した。その時のニュース記事などを見て、遠くない場所に住んでいる同い年が才能を認められたということに胸を刺すものがありずっと気になっていたのだ。綿矢りさも同い年なんだけど、そっちは大して気にならなかった。

　実際に短歌を読んでみたのはそのだいぶあとだが、当初のちょっとした悔しさの残滓のせいかあまり心には残らなかった。風景や事物に思いを託して歌を詠むということがほとんどなく、主観的で剥き出しのモノローグをてらいもなく短歌定型に収めている。背景のあまり描き込まれていない少女漫画を眺めているような気分になった。

重要と書かれた文字を写していく　なぜ重要かわからないまま

3人で傘もささずに歩いてる　いつかばらけることを知ってる

いつどこで誰といたってあたしだけ2センチくらい浮いてる気がする

『ハッピーアイスクリーム』

しかしこの「真っ白けな印象」は必ずしも修辞技術の未熟さにあるわけではなかった。加藤千恵はある種の社会的ボリュームゾーンの代弁をしようとしていて、最初に読んだ頃の自分にはそういう「他者」の存在に気付けていなかったのだ。

加藤の歌の舞台は旭川以外の日本中どこの街にも置き換えが可能だ。地方都市で凡庸な女子学生として生きているという実感に裏打ちされて、この作風は完成している。文芸誌「Feel Love」18号の山内マリコ（小説家）との対談のなかで、加藤千恵は「地元」への愛憎を繰り返し語っている。「決して田舎ではないんだけど、イオンがあってシネコンがあって、みんな社交場としてそこに集まって来る……みたいな」「地元が好きでけっこう帰っていて、年に二回くらいは同級生と集まるんですけど、彼女たちはもう二人目の子どもの話をしていたりする。どっちがいいとか悪いとかじゃなく、彼女たちとは道が違ってきたんだなと感じますね」。地方から上京していつかは故郷に錦を飾るという近代型の立身出世ストーリーは男性中心的なもので、女性の場合は地元にいようと上京しようと根本的なところで承認欲求を得られず、空虚さから逃れられない。その矛盾を見事に突いてみせている。

あの人が弾いたピアノを一度だけ聴かせてもらったことがあります

ありふれた歌詞が時々痛いほど胸を刺すのはなんでだろうね

あいまいが優しさだって思ってるみたいですけどそれは違います

真実やそうじゃないことなんだっていいから君と話がしたい

『ハッピーアイスクリーム』

加藤千恵の短歌から徹底的に「土地の記憶」や「風景」が削ぎ落とされているのは、「土地と風景をめぐる物語」から女性が排除される地方都市の現状に気付いていたからだ。何の因果もなく均質化された地方都市に産み落とされてしまった徹底的に「ありふれた」女性の生きる姿が、加藤千恵の短歌の中には濃厚に描写されている。人が生まれることは偶然でしかないが、文体は必然によってしか生まれえない。

自分の書きたい社会的テーマの発見に成功した加藤千恵は、近年は恋愛小説の執筆を活発に行っている。

『ハッピーアイスクリーム』

才能を持たないカラダ重すぎて気を抜いたなら沈み込みそう
重要と書かれた文字を写していく　なぜ重要かわからないまま
あの人が弾いたピアノを一度だけ聴かせてもらったことがあります
ありふれた歌詞が時々痛いほど胸を刺すのはなんでだろうね
幸せにならなきゃだめだ　誰一人残すことなく省くことなく
青春の終わった街でなぜでしょう　言葉は燃えないゴミだったのに
あいまいが優しさだって思ってるみたいですけどそれは違います
首吊りのひもの長さのせいにして結局生きていくような君
傷ついたほうが偉いと思ってる人はあっちへ行って下さい
真実やそうじゃないことなんだっていいから君と話がしたい
あなたへのてがみはぜんぶひらがなで　げんじつかんをうすめるために
ついてない　びっくりするほどついてない　ほんとにあるの？　あたしにあした
欲しいとか欲しくないとかくだらない理屈の前に奪ったらどう？
「燃やすとき公害になる」補聴器の電池を抜いた入棺のとき

加藤千恵

加藤千恵

この街の空気はいつもきたなくて有毒そうでドキドキしちゃう

キャラメルが歯にからまって甘ったるい空気を吐いているのがわかる

正論は正論としてそれよりも君の意見を聞かせて欲しい

投げつけたペットボトルが足元に転がっていてとてもかなしい

海岸を歩き続けた　行くあても帰れる場所もなにもなかった

くだらない夢の続きをなぞってた　走れるところまで走ってた

3人で傘もささずに歩いてる　いつかばらけることを知ってる

そんなわけないけどあたし自分だけはずっと16だと思ってた

昼休み友だちがくれたポッキーを噛み砕いてはのみこんでいく

自転車の高さからしかわからないそんな景色が確かにあって

いつどこで誰といたってあたしだけ2センチくらい浮いてる気がする

夕立が街ごと洗い流すのをどこかで待っていたのだと思う

雨に似た言葉を持った人だった　字を丁寧に書く人だった

飲みかけのジンジャエールと書きかけの詩を残したままそっと立ち去れ

加藤千恵

歩道橋に立って遠くを眺めてた　空は近くて遠くは遠い
いつだって見えないものに覆われて知らないものに守られている
いつもならぬれっぱなしのあたしたちが今日珍しく傘をさしてる
まっピンクのカバンを持って走ってる　楽しい方があたしの道だ
わたしたちは甘やかされて育てられてろくな傷つきかたも知らない
2限目の講義を受けているときもあたしは年をとりつづけてる
ロッテリアのトイレでキスをするなんてたぶん絶対最初で最後
紙コップはふやけてしまいやけくそのような気持ちで氷を噛んだ
あたしってどうやって生きてたんだっけ？　あの日あなたと知り合うまでは
「わけもなく悲しくなる」の項目に丸をつけてる性格テスト
友だちも恋人も欲しい年頃ですなんにも失いたくありません
生きていてくれるのならばそれだけでいいと思えるほどにはなった
あの人はとても自由に生きていてあたしはいつも待ちくたびれてる
あなたへの手紙を書いて引き出しにしまってそのまま忘れるつもり

『たぶん絶対』

『写真短歌部　放課後』

迷いながらぶつかりながら揺れながら過ごした日々をいとしく思う

いつまでも同じ気持ちでいられないすぐに溶けちゃうアイスと一緒

沈黙もはみ出すことも怖いから休み時間はいっぱい笑う

思ってることは言葉にできないしカバンはやけに重く感じる

どこで何してるんだろうこの机に相合傘を彫った誰かは

甘すぎて飲みきれないとわかってるシェイクをいつも注文しちゃう

行きたくもない学校の決められたクラスの中で会いたかった人

引かれてるゴールラインの先にある景色が見たくて走ってるんだ

恋なのかどうかはわからないけれど一緒に見たい景色ならある

いま季節が動きはじめる夏服になったあなたのそばで少しずつ

ドリブルとシューズが床をこする音だけを味方にジャンプするから

猛ダッシュで去っていく夏　サイダーを飲み干してから追ってみせたい

バラバラにやってきたからバラバラに戻ってくだけなのに寂しい

この場所が海だったように教室は確かにわたしたちのものだった

加藤千恵

堂園昌彦
美しさのことを言え

堂園昌彦は同い年の歌人なので、どうしても意識してしまう。ぼくが短歌を始めた時点で、すでに彼は「早稲田短歌」のホープとして名を知らしめていた。

まずぼくよりスタートが早い。高校時代の教師に「コスモス」所属の歌人・大松達知がいたことをきっかけに短歌をはじめ、「コスモス」に入会した（のちに退会）。「早稲田短歌」では先輩に永井祐や五島諭がいた。堂園も彼ら同様完全な口語で短歌を詠むが、絢爛豪華な美意識への志向が比較的強いところが特徴だ。抑制された日常を描く永井祐は斎藤茂吉に近いが、堂園は北原白秋に近い。

第一歌集『やがて秋茄子へと到る』は、活版印刷、一頁一首組のページ構成、手触りの良いシックな装幀と、透徹された美意識で固められている。造本装幀コンクールで入賞したほどの出来映えだ。そしてもちろん中身も、美意識の凝縮されたような歌ばかりだ。

ゆっくりと両手で裂いていく紙のそこに書かれている春の歌

泣く理由聞けばはるかな草原に花咲くと言うひたすらに言う

追憶が空気に触れる食卓の秋刀魚の光の向こうで会おう

春の船、それからひかり溜め込んでゆっくり出航する夏の船

『やがて秋茄子へと到る』

やわらかな光に満ちた透明感のある言葉たち。それにより表現されるものは、クラシックな季節感だったり和風なモチーフだったり、意外と日本的である。近代のロマン派歌人がもしも現代の口語を習得したなら、

どうぞの・まさひこ　一九八三年東京都生まれ。二〇〇〇年に作歌を開始。二〇〇三年、「コスモス」「早稲田短歌会」入会。二〇〇七年、「やがて秋茄子へと到る」で第五十回短歌研究新人賞最終候補。現在は「pool」所属。「ガルマン歌会」運営。

こんな作風になるかもしれない。この歌集は、紀伊國屋書店の書店員サークル「ピクウィック・クラブ」で選ばれる「ピクベス」の二〇一四年版で、一位に輝いた。例年は翻訳文学に人気が集まることの多いランキングで（ちなみに同年の二位はキース・ロバーツ『パヴァーヌ』）、歌集がトップにあがるのは異例のことだった。この歌集は、日本的な表現がされていながら「現代日本には珍しい美意識を持った本」として評価されたのだろう。それくらい今の日本では「美」が軽視されているということだ。「美」はアクチュアルな問題ではなく、現実逃避のための価値観としてみられてしまっている。

堂園昌彦の魅力の一つとして、連作に付ける小題（サブタイトル）のセンスが抜群にいいことが挙げられる。「いまほんとうに都市のうつくしさ」「それではさようなら明烏」「彼女の記憶の中での最良のポップソング」「すべての信号を花束と間違える」「音楽には絶賛しかない」。こうしたところからも、堂園が「音楽的な短歌」を志向していること、自らの短歌が「最良のポップソング」であるようつとめていることが感じ取れる。実際、抒情的なポップセンスには相当優れている。

焼き鳥を食べる静かに笑うんだ歌声の夜に食べる笑うんだ
君を愛して兎が老いたら手に乗せてあまねく蕩尽に微笑んで
僕たちは海に花火に驚いて手のひらですぐ楽器を作る
『やがて秋茄子へと到る』

崩壊と滅びの予感に満ち満ちた言葉の余白。近代ではそれは、遊蕩と退廃の美学でもって表出した。それでは、「美」の価値が凋落してゆくばかりの現代ではどうか。堂園昌彦は、コンピュータミュージック全盛の時代にあえて生ギターと美しいメロディで勝負をするシンガーを思わせる歌人だ。そう書けば、音楽好きの人なら具体的な誰かがきっと脳裏に浮かぶだろう。ポップミュージックに「美」を取り戻す。それが堂園昌彦の真剣な覚悟なのだと思える。

堂園昌彦

美しさのことを言えって冬の日の輝く針を差し出している
ゆっくりと両手で裂いていく紙のそこに書かれている春の歌
泣く理由聞けばはるかな草原に花咲くと言うひたすらに言う
振り下ろすべき暴力を曇天の折れ曲がる水の速さに習う
ベランダに冬のタオルは凍り付きあなたのきれいな感情を許す
朝靄の市場の広いまたたきのアンデルセンは靴屋の息子
秋茄子を両手に乗せて光らせてどうして死ぬんだろう僕たちは
記憶より記録に残っていきたいと笑って投げる冬の薄を
あなたは遠い被写体となりざわめきの王子駅へと太陽沈む
焼き鳥を食べる静かに笑うんだ歌声の夜に食べる笑うんだ
追憶が空気に触れる食卓の秋刀魚の光の向こうで会おう
地図めくる音が聞こえるあなたからあなたからただ猟銃を買う
前籠に午後の淡雪いっぱいに詰め込んだまま朽ちる自転車
まぶたからまぶたへ渡す冬の日の凍り付いてるすてきな光

『やがて秋茄子へと到る』

堂園昌彦

君は君のうつくしい胸にしまわれた機械で駆動する観覧車

感情がひとりのものであることをやめない春の遠い水炊き

春とあなたの価値は等しい夕闇の海で貰った海の一粒

君はしゃがんで胸にひとつの生きて死ぬ桜の存在をほのめかす

空中にわずかとどまる海鳥のこころあなたと雪を分け合う

手のひらに僕とあなたの涙粒混ぜて乾かす間の四季よ

過ぎ去ればこの悲しみも喜びもすべては冬の光、冬蜂

追憶の岸辺はかもめで充ち続けひかりのあぶら揺れてかなしい

砂浜で君はまぶしく年老いる春のマフラーきらきら濡れて

生きていることが花火に護られて光っているような夜だった

悲しみは夏なめらかな汽車となりすべての駅を通勤するね

その細い咽喉を嗄らせばあらわれる石楠花《しゃくなげ》の燃え落ちるイメージ

季節外れのいちごを持って意識には血の川が流れているよゴーギャン

舌先に雨は溢れてもう僕は芽吹きの言葉しか話せない

堂園昌彦

薔薇色の食事を言うから君はただその品目を書き留めていて
町中のあらゆるドアが色づきを深めて君を待っているのだ
閉じきった瞼の奥から黄昏《こうこん》の光が湧くまでが誕生日
残像のあなたと踊り合いながらあらゆる夏は言葉が許す
春の船、それからひかり溜め込んでゆっくり出航する夏の船
曇天に光る知恵の輪握り締め素敵な午後はいくらでもある
冷えた畳に心を押し付けているうちに想像力は夕焼けを呼ぶ
僕とあなたの位置関係を告げなくちゃ辿り着けない夕焼けの駅
花と灰混ぜて三和土《たたき》にぶち撒けて夏に繋がる道を隠せり
僕もあなたもそこにはいない海沿いの町にやわらかな雪が降る
君を愛して兎が老いたら手に乗せてあまねく蕩尽に微笑んで
冬に泣き春に泣き止むその間の彼女の日々は花びらのよう
死ぬ気持ち生きる気持ちが混じり合い僕らに雪を見させる長く
出会いからずっと心に広がってきた夕焼けを言葉に還す

堂園昌彦

僕たちは海に花火に驚いて手のひらですぐ楽器を作る

君がヘリコプターの真似するときの君の回転ゆるやかだった

青空を見下ろしたくてその昔君が道路に置いた手鏡

ほほえんだあなたの中でたくさんの少女が二段ベッドに眠る

とても小さなスロットマシンを床に置き小さなチェリー回す海の日

喜びの旅の終わりの始まりの長く儚いショートトラック

僕らお互い孤独を愛しあふれ出る喉のひかりは手で隠し合う

ロシアなら夢の焚き付けにするような小さな椅子を君が壊した

冬の旅、心に猫を従えて誰も死なない埠頭を目指す

許されて記憶の赤い花が咲く冬それぞれの稲荷神社に

湾景がかすかに伝える潮汐の満たされながら消えていく虹

春闌《た》けて君のおさげを編み上げて悲しくなれなかったのは海のせい

残光のひかり豊かに繰り返すあなたとの紫陽花の毎日を

シロツメクサの花輪を解いた指先でいつかあなたの瞼を閉ざす

コラム

学生短歌会ってなに？

現代短歌の重要な場として、「学生短歌会」と呼ばれる大学の短歌サークルがある。もともと「早稲田大学短歌会」と「京都大学短歌会」が老舗として君臨していたが、常に会員に恵まれていたわけでもなく、時代によっては存亡の危機を迎えていたこともある。

学生短歌第一次黄金期と呼ばれているのは安保闘争期である六〇年代で、早稲田大学の福島泰樹（一九四三〜）、伊藤一彦（一九四三〜）、三枝昻之（一九四四〜）、國學院大學の岸上大作（一九三九〜一九六〇）、立命館大学の清原日出夫（一九三七〜二〇〇四）といった学生歌人が活躍した。京都では河野裕子（一九四六〜二〇一〇）、永田和宏（一九四七〜）や花山多佳子（一九四八〜）といった団塊世代の歌人たちが学生時代から頭角を現し始めた。しかし七〇年代以降学生短歌は低迷期に入り、「早稲田短歌」や「京大短歌」も休刊した。俵万智（一九六二〜）は早稲田の学生歌人であったが、休刊期に在学していたため「早稲田短歌」出身ではない。

第二次黄金期は九〇年代で、「京大短歌」が中核となった。吉川宏志（一九六九〜）が短歌会を再興し、梅内美華子（一九七〇〜）、島田幸典（一九七二〜）らが参加した。『サラダ記念日』ブームによる若年短歌人口の増加も隆盛の背景にあったようだ。

二〇〇一年に開かれた「学生短歌大会二〇〇一」は「早稲田短歌会」「京大短歌会」「東北大学短歌会」が共催となっており、スタッフには石川美南、五島諭、永井祐、澤村斉美、天道なお、黒瀬珂瀾、中島裕介など、現在は有力な若手歌人として成長した面々の名前が並ぶ。

早稲田・京大の二強時代が長く続いたが、二〇〇六年に東京大学の本郷短歌会が誕生。二〇〇九年に東京外国語大学と大阪大学に短歌会が立ち上がり、以後は東北大学、立命館大学、北海道大学、神戸大学、九州大学、同志社大学、日本大学芸術学部などに続々と学生短歌会が生まれ、第三次の黄金期を迎えている。学生短歌会の会員や出身者が新人賞を受賞することも珍しくなくなった。角川文化振興財団主催の歌合「大学短歌バトル」など、学生短歌会を主役に据えたイベントも登場している。しかし、短歌人口が増え各短歌会も部員に困っていないのかというとそうでもない。ほとんどの短歌会は部室がなく、大学からの公認や資金補助なども受けることができていないのが現状である。

硬直化した上の世代にノーを突き付け、進取性・実験性を重んじる傾向のある学生短歌会は、戦後の長きにわたって現代短歌の台風の目であり続けてきた。今もそれは変わらない。たとえば、瀬戸夏子、平岡直子、藪内亮輔、吉田隼人など学生短歌会出身者が集った同人誌「率」は、「前衛」を追求する実作と意欲的な批評を毎号掲載しており、短歌史に残りうる可能性に満ちたものになっている。

各短歌会の個性や雰囲気については実際に会誌を読んだり歌会に参加したりして判断してもらうしかないが、「京大短歌」「本郷短歌」は批評をはじめ理論面での活動がきわめて充実している。また「早稲田短歌」は現代短歌を代表する歌人ひとりのロングインタビューを毎号掲載しており、現代短歌の最前線の空気を捉えやすい。

ぼくは「北海道大学短歌会」の創設に携わったが、その動機となったのは北海道高文連の外部講師を担当した際に、高校文芸部で短歌の創作活動をしていながら進学後に続ける場がなくなってしまう例が少なくないことを知ったからである。短歌結社などに入ったにしても、同世代の歌友がいないまま歌を作り続けているとどうしても孤独感を抱いてしまうだろう。「北大短歌会」の会員たちの姿を見ていても、近場に住んでいながら彼らが同じ歌会を囲むことも、熱っぽく短歌について語り合うこともなくそれぞれ過ごしていた現状もありうるのだと思うと、起ち上げて良かったと心から思っている。会員同士がほぼフラットな関係であること、学生であるため会員の新陳代謝が避けられないことが、現代短歌における学生短歌会の意義を決定づけている。

平岡直子

生き延び方について話した

ひらおか・なおこ　一九八四年長野県出身。二〇〇四年、「早稲田短歌会」入会。二〇〇九年、同人誌「町」参加。二〇一二年、「光と、ひかりの届く先」で第二十三回歌壇賞受賞。同年、「率」創刊に参加。

平岡直子は早稲田短歌会出身。学生短歌会出身者を中心とした同人誌「町」に参画し、同誌が解散した後は同人誌「率」の創刊メンバーとなったほか、「ガルマン歌会」にも参加している。

水原紫苑は平岡を「言葉の力によって、新しい世界を切り開くことのできる歌人」と高く評価して期待の言葉を寄せている。水原がここまで評価する歌人は珍しい。では、平岡の歌のどういう点が「新しい世界」となりえているのか。

海沿いできみと花火を待ちながら生き延び方について話した
できたての一人前の煮うどんを鍋から食べるかっこいいから
わたしたちの避難訓練は動物園のなかで手ぶらで待ち合わせること
あじさいで知られた庭をおとずれてひたすら空を見ている秋に

「光と、ひかりの届く先」

一首目の「生き延び方」というフレーズが気になる。これは穂村弘が『はじめての短歌』などの著書でたびたび触れている「生きる／生き延びる」の二項対立の図式を思い起こさせる。これはハンナ・アーレントがいうところの「work（仕事）／labor（労働）」の二分法にパラレルで、美や真実を追求する人間らしい生き方か、ただ食い扶持を求めて日々の生活に追われる生き方か、という議論である。短歌とは（ひいては芸術とは）「生き延びる」ためではなく、「生きる」ための技術であると穂村は考えている。そしてこれに反対する歌人はほとんどいないだろう。

しかし平岡はちょっと違う。反対とまではなくても、単純な二項対立には収まろうとしない。「きみ」と「生き延び方について」話しながら、「生きる／生き延びる」の対立軸からすらも自由になろうとしている。「煮うどんを鍋から食べる」ことも、「あじさいで知られた庭」も、つまらない生活に追われる日常から脱出させてくれる鍵にはなりそうもない。けれどもそこには確かに「生きる」ことの意味を追求しようという意志はみられる。

平岡直子には、生身の身体性を積極的に押し出したりするような典型的な「女歌」の手法も、しばしば「少女的」と言われがちな夢想も、あるいは「働く女」「自立した女」としての自己を打ち出したりしようという傾向もすべて薄い。実はそこに「新しい世界」の本質がある。平岡直子は論じることが難しい歌人だが、従来の「女性の歌」の論じ方では対応しにくい部分が多いからだ。

心臓と心のあいだにいるはつかねずみがおもしろいほどすぐに死ぬ

三越のライオン見つけられなくて悲しいだった　悲しいだった

「みじかい髪も長い髪も炎」

すごい雨とすごい風だよ　魂は口にくわえてきみに追いつく

「Happy birtday」（『早稲田短歌』41号）

平岡は、弱者が最後の砦として言語表現を選んだというタイプの歌人とはおそらく違う。意識的に日本語のルールを逸脱した「悲しいだった」という表現に、少なからずそれは象徴されている。「生き延びる」ことに不器用で、言葉によって「生きる」ことに活路を見出そうとしたのではない。「生きる」ことにすら不器用なのだ。だから、見出した活路は「語りかけること」、すなわちコミュニケーション。「〜よ」「〜ね」といった、話しかけるときに用いる口語間投詞の多用に、その志向が垣間見える。

作者と読者がフラットな関係で語りかけるような文体。口語短歌の絶対的武器であるそうした文体を、自覚的に使いこなそうとしている先駆として、平岡直子は疾走している。

「光と、ひかりの届く先」

平岡直子

海沿いできみと花火を待ちながら生き延び方について話した

このままで目覚めたいから飛行機のかたちで背中をさらして眠る

ありったけの小銭をきみの手に落とし　持っているものすべて教えて

理科室で人体模型を見た記憶なんてないけどわたしでも好き？

できたての一人前の煮うどんを鍋から食べるかっこいいから

あかるくて冷たい月の裏側よ冷蔵庫でも苺は腐る

夕焼けが傾きながらおりてくるここで眠ってしまいたいのに

どの朝も夜もこうして風を受けあなたの髪が伸びますように

東京に環状のもの多いことひとかたまりの野良猫ねむる

しゃぼん玉のような時代もあったというわたしのものでない点滅よ

わたしたちの避難訓練は動物園のなかで手ぶらで待ち合わせること

風葬のなかにわたしが終わらない犬の寿命をはるかに超えて

焼却炉のなか日めくりの木曜がかがやきながら燃えつきにけり

あじさいで知られた庭をおとずれてひたすら空を見ている秋に

平岡直子

夢・自衛隊の飛行機・ダイビング・銃弾　会いにゆくためなら
ほんとうに夜だ　何度も振り返りながら走っている女の子
心臓と心のあいだにいるはつかねずみがおもしろいほどすぐに死ぬ

「みじかい髪も長い髪も炎」

おいで、と毛布をめくって誘うのはわたしだったのかきみだったのか
三越のライオン見つけられなくて悲しいだった　悲しいだった
自転車の遠吠え。夜が焦げていく音。欲望をひとつだけあげる。
真夜中の水族館が海底に似ていることをどこで知ったの？
冬には冬の会い方がありみずうみを心臓とする県のいくつか
東西も南北もない地図のうえ線路はこの世の刃として伸びよ

「東西も南北もない地図」

そりゃ男はえらいよ三〇〇メートルも高さがあるし赤くひかって
おまえまでそんなことをって表情で首をかしげている　揺れないで

「別名」

星座を結ぶ線みたいだよ　弟の名前を呼んで白髪を抜けり
向日葵のような姿で立ったまま埃を溜める冬の扇風機
怪獣は横断歩道へ逃げ出しておやすみ一緒に幸福しよう

「ドアの複製」（『早稲田短歌』39号）

平岡直子

この朝にきみとしずかに振り払うやりきれないね雪のおとだね

「ね。」（『早稲田短歌』40号）

王国は滅びたあとがきれいだねきみの衣服を脱がせてこする

手をつなげば一羽の鳥になることも知らずに冬の散歩だなんて

すごい雨とすごい風だよ　魂は口にくわえてきみに追いつく

「Happy birtday」（『早稲田短歌』41号）

燃えうつる火だというのにろうそくの上で重たげにゆらめいている

セーターはきみにふくらまされながらきみより早く老いてゆくのだ

新しい国になりたいならおいで電気はつけっぱなしでいいよ

窓、夜露、星条旗、海、きらきらとお金で買える指輪ください

「アンコールがあればあなたは二度生きられる」（「率」創刊号）

星のように冷たい手だね／きみの手は星のように熱いよ／聞こえない

きみはきみの影だよ夜ごと幾百のヘッドライトに更新されて

ちゃんとわたしの顔を見ながらねじこんでアインシュタインの舌の複製

白いシャツに埋《うず》もれて死ぬ願望のようにひかりに汚されている

見たことがないものだけを重ねればオーロラになる　見たことのない

手紙として送られてきたメロンの迷路をさまよいながらふたたび出会う

平岡直子

熱砂のなかにボタンを拾う　アンコールがあればあなたは二度生きられる

雪　そうしてきみがたおれこむ速度がそっと瞳をなでる

「ら　くらいらくるい」（「率」3号）

希求する／夜いっせいに閉ざされたチューリップそれぞれが持つ蜂

きゆきゆとふたりしずかにCDの裏をみがけばCDに虹

見て舌の平熱　きみは水銀をおそれて口をひらかないけど

渡さないですこしも心、木漏れ日が指の傷にみえて光った

自転車は朽ちていくのか夕焼けに包まれながら眼も持たず

それはとてもひどいことだね　夏の庭　とかげが濡れた石を渡った

「ありとあら夜ること」（「率」6号）

東京の頬にちいさくしゃがみこむただ一滴の目薬になる

口笛に呼ばれていくよ部屋じゅうの抜け毛、きみとのむずかしい日々

割れてからずいぶん骨はわたしすらしらないきみだけが聴いたでしょう

捨てるべき紙がこんなにあることのほかにこの世に絶望はない

ねえ夜中のガードレールとトラックのように揺れようひといちどだけ明るく

蜜蜂をはちみつにする花びらという夏というひとつの病気

瀬戸夏子
痴呆のように同姓同名

せと・なつこ　一九八五年生まれ。二〇〇五年に作歌を開始し、「早稲田短歌会」入会。二〇〇九年「町」創刊に参画し、二〇一一年の解散まで参加。同人誌「率」同人。二〇一二年、第一歌集『そのなかに心臓をつくって住みなさい』を私家版で刊行。

瀬戸夏子は間違いなく現代短歌のなかでも特に重要な歌人のひとりなのだが、論じるのがきわめて難しい。なぜなら、「一首単位で表記する」という短歌の原則を打ち破るスタイルを取っているため、歌が引用しづらいからだ。私家版の第一歌集『そのなかに心臓をつくって住みなさい』では、長い自由詩のなかにところどころ太字になっている単語があり、それをつなげてゆくと五七五七七の一首があらわれるという構成の連作（といえるのだろうか?）「すべてが可能なわたしの家で」を発表している。

でもまだだ　それは**急に**　それは値段がついていな
くて、**恐竜**の緻密な漫画に挟まれて
苦手**な**こともわたしたちにまかせてほしいな　**食事**
はしたこと、ありますよね
神経の構造を盗む**頬から、頬が**どんどんうまれて
笑いながら　レモンを絞られた雲が上着の上を滑る
行く手を
狙う　エンジンに触れる、**入浴**することも

「すべてが可能なわたしの家で」より抜粋

こんな感じの詩が続き、そして太字の部分を抜き出すとこういった歌が浮かび上がる。

でもまだだ急に恐竜な食事は頬から、頬が笑い入浴
住んでいる列車なかなか光りの湯素直に地獄結ぶ上
級者

ほとんど意味をなしていない一首である。ただ、「文脈を切り離して一首単位で引用される」という短歌の

特性に対してノーを突き付けるための実験だろう。また、穂村弘の歌集のタイトル『手紙魔まみ、夏の引越し（ウサギ連れ）』を一字一句変えないまま自身の連作のタイトルとしたり、他の歌人からの引用歌と自作の歌をまるで全て自作であるかのように並べて発表する作品などもある（引用元は末尾に小さく記される）。斉藤斎藤も「親指が数センチ入る図書館」（『短歌研究』二〇一五年四月号）という、これに近い実験作を発表しているが、瀬戸の方が先んじている。

　もちろん一首単位で並ぶタイプの短歌も作っている。アメリカ的な大量消費社会のアイコンや、ブランドやキャラクターなどといったポップなイメージを氾濫させながら、不穏な世界観を組み立てるところに特徴がある。

信長のゆうれいのみどりのまつげと言うべきのティ
ファニーを射て

かけがえのない無実の罪で　筋肉の　光りの充実
ポップコーンといもうと

望遠鏡にあなたはめぐってキキララが痴呆のように
同姓同名　『そのなかに心臓をつくって住みなさい』

　学生短歌会出身者の中でも特に先鋭的な歌人たちが集結した「率」にも参加しており、「〈前衛短歌〉再考」をテーマに掲げた「率」７号では堂々たる巻頭言を述べている。そこで瀬戸夏子は、ニューウェーブ短歌から巻き戻るかたちで前衛短歌に熱中したことを述べたうえで、かつてニューウェーブ短歌の代表格であった穂村弘が、時代を反映した自我をうつしとった作風へと変化していったことを「そんな歌に私は関心がない」と一蹴する。

　瀬戸は、近代以降の短歌が一貫してアイデンティティとしてきた「自我」を疑う。だから「連作」や「作者」、「〈私〉性」といった近代的概念を解体しようとする。いずれも古典和歌の時代ではそれほど重視されてきたわけではない。瀬戸の実験作はぼくだって完全には理解できていない。しかし現代短歌への強烈な問題提起が隠されている。そのことだけは確実にわかる。

瀬戸夏子

たったいま畳まれている無数のジーンズの魂を売り払うにもペットショップに？
あんまり硬くて歯に埋まる種・埋まる歯は宝石の子どもにちがいないのに
『そのなかに心臓をつくって住みなさい』
むきだしのピンクの脚にくらべればらっきょのように剥けないタイツ
あんた、怒ってるとき、見えてるよ、神経がクリスマスツリーみたいで
弟がふたりいまして浴槽につかるおしりにつぶれるケーキ
動物園も病院もそっくりだったしくるくると人は臍からきれいに剥けます
電流の通う眉毛にゆきは降り窓に近づく海の挨拶
めぐすりに似て高速のかみなりも胸の外へとひろがる花瓶
観覧車の肉を切りわけゆうやけにきみは吊られた眉毛のかたほう
奇蹟であふれた棺にふれてほほえみのゆっくりとしたまたたきがこちら
なんでまたソフトクリームを精液と書きつつ昼と夕方のため
性欲が目薬のように落ちてきてかみなりのそらいっぱいの自殺がみえる
信長のゆうれいのみどりのまつげと言うべきのティファニーを射て
謳歌して　行く先のない　緑色にふちどられた境遇でも　くまのプーさん

瀬戸夏子

ちゃんと野菜として大根おろしをたべる　おしゃれで頬をくっつける
よい子だけが星座になる　部屋が四角く区切られて　言うこともできないけど
心底はやく死んでほしい　いいなあ　胸がすごく綿菓子みたいで
ドライブにTシャツを着ていて夜じゃない　沈む輪が様々な色を従えて
雨のない　高速のパーキングエリアにひとりでいると死ぬほど幸せだ
薄荷に　子猫や仔犬がとけている　神経のシャツを着て　なくして
長靴のなかに光りがたくさん　泳いでる　その支配下と落葉のなかで
悪人について　ぼくのミニーちゃん　しずかに　東京タワーとスカイツリー
デス・バイ・ハンギング　きれいな子どもの食欲と性欲　あいつぐ雪のなかで
かけがえのない無実の罪で　筋肉の　光りの充実　ポップコーンといもうと
動物園液体化現象（しまうまのしまをせいりつさせないように）
殺戮と初恋の果て　アメリカのまみみたいなMANがYEAHって飛ばす精液
まっさかさまに窓へ落ちつつ洪水を決めて生きものに似合うくつした
ランボーと添寝しているミッフィーの肉棒がさす未来のほうへ

瀬戸夏子

殺されたまんまでいてもたのしくはないよね　起きてあそんであげるね。
こんなにも恥ずかしがらずに見つめあえることはこの先一生ないわ
きみの体つれてきてくれてありがとう目が回るめがねを買いにいきましょう
抱きしめあいねむるかれらのおなかにはプラネタリウムのごと精子はひかる
歯みがき粉で心臓までみがくあした来る太陽いくつも胸にしまって
ゆっくりの雨すきとおる心臓はさわれないけど濡れているのね
手紙にまた「アメリカ」とありカラフルな貴方のゆめを撃ち抜いている
しゃぼんだまの中に沢山いるようなかたつむりからの電話を待ってる
夕暮れにまたがっている泣き終えた夕暮れがひだりの靴を履くまで
望遠鏡にあなたはめぐってキキララが痴呆のように同姓同名
水玉の散らばる顔を避けてから屋上から転げるような歯磨き
みずうみに出口入口、心臓はみえない目だからありがとう未来
ではなく雪は燃えるもの・ハッピー・バースデイ・あなたも傘も似たようなもの
相思相愛おめでとう　ミュージック・オブ・ポップコーンおよびバラバラ死体のケーキが乳房

瀬戸夏子

泉から抜けてった水　極太のサインペンとビニール袋な　「おまえは」（「率」3号）
てのひらにそれから汗にふたつから星のかたちの血が溢れてる
こすられた仏蘭西語から間の抜けた僕が出るまでたいがいにしな
走ってく花のかたちの音楽で本名だなんてはしたないって
群衆を分かつ子どものしろばらの左の瞼とあばら屋の線　「メイキング」（「率」6号）
夜の鏡加担したものからふえていく微笑の正午に宮殿はある
双頭の雪の密輸と乾燥しあなたはフェラガモのクリスマスツリー
イメージよりも愛の悲しみこのおくればせのポルノグラフィー
フランスパン、嵐が丘、愛猫家、駆落ち、だれも感動しない　「pool」（「率」8号）
未来と氷を数え間違うゆっくりとたまっていったからだがあった
春に勇気を夏に栞を持ち込んでマリアはふたたびわたしを呼んだ
ぼくたちをとびこえてゆく美しい嫉妬はたましいの部屋で遊んで
林檎を捨てろ、現在は最悪ではない、星座を壊せ
もてあますセックスの香りにくりかえす遺言と預言、扉が裸足

小島なお

性愛をまだ知らないわたし

こじま・なお　一九八六年東京都生まれ。母は歌人の小島ゆかり。二〇〇四年、青山学院高等部在学中に「乱反射」にて第五十回角川短歌賞受賞。二〇〇七年に第一歌集『乱反射』を刊行し、第八回現代短歌新人賞、第十回駿河梅花文学賞を受賞。二〇〇九年、青山学院大学文学部卒業。「コスモス」短歌会所属。

　母は「コスモス」短歌会の選者・小島ゆかり。そしてやはり「コスモス」の編集人である高野公彦が選者をつとめていた日本経済新聞歌壇の選歌欄で注目を集めるようになったのちに、史上最年少タイの十七歳で角川短歌賞を受賞した。受賞の時点で本格的な歌歴はまだ半年ほどだった。加藤千恵や野口あや子も「女子高生歌人」としてデビューしているが、小島なおの場合、青山学院で学び渋谷を遊び場にしていた「東京の女子高生」であったことに特徴があり、その点において加藤や野口とは大きな違いがある。

　第一歌集『乱反射』は十七歳から二十歳にかけての作品を収めており、高校生活をスケッチした歌が多い。

　東京の空にぎんいろ飛行船　十七歳の夏が近づく

　エタノールの化学式書く先生の白衣にとどく青葉のかげり

　制服のわれの頭上に白雲は吹きあがりおり渋谷の空に

　もう二度とこんなに多くのダンボールを切ることはない最後の文化祭　『乱反射』

　今与えられている自分の時間が限られたものであることに気付いているからこそ、「現在」という時を必死で楽しもうとする。そんなひりついた青春文学となっている。こうしたタイムリミット感覚は、永田紅や大森静佳、さかのぼれば栗木京子など、学生時代にデビューした女性歌人にはしばしばみられる傾向である。ただ、その三人が描いた青春の舞台がいずれも京都という不思議な時間軸の街であるのに対し、小島なおが舞台としているのは渋谷という首都のど真ん中だ。

そのためか、世界像が靄がかっておらず妙にクリアで、異様に洗練された映画の中の空間のように思える。『乱反射』が歌集にもかかわらず映画化されたのも、きわめて演劇的な空間を構築している点を着目されたからだろう。『乱反射』の歌は内省的な部分が薄く、自分が向き合っている現実の一瞬を切り取ることによって「特別な日常」としてやわらかく肯定する。

それに近い感性を発揮していたのはたとえば、九〇年代半ばに起こった十代から二十代の若い女性写真家の「ガーリーフォト」だろう。女子高生写真家として注目を浴びたHIROMIXをはじめ、ムーブメントの中心地が東京の都心部であることが特徴だった。小沢健二やカジヒデキなど「渋谷系」音楽のムーブメントとも並走していた。小島の短歌も「都市の風景」というアングルを持つのが特徴で、「ガーリーフォト」の遅れてきた短歌版という趣がある。

わたくしも子を産めるのと天蓋をゆたかに開くグランドピアノ

飛翔する鳥のこころはあたらしき画用紙を買うわたしのこころ

冬空を映すプールの栓を抜き冬空を一つだけに戻せり

『サリンジャーは死んでしまった』

第二歌集『サリンジャーは死んでしまった』以降は、少しずつ変化してゆく家族の日常などを主題に、落ち着いた技巧派歌人としての道を歩み始めている。それと同時に、かつての「青春の魔法」は解けてしまったことの苦みも歌に滲み始めるようになる。「青春」を終えて次のステージへと泳ぎ出そうともがく姿を描き続けているが、「都市」の描写には特に光るものがあり、やはりそこに小島なおの原点が伺える。根っからの都会派歌人として、彼女ができる仕事はまだまだある。

ちなみに「小島なお」の名はペンネーム。母の旧姓をわざわざ名乗り、二世歌人であることを自らアピールしている。そんなの他には東八郎の息子の東貴博くらいだ。なかなか食えないな、と思う。

『乱反射』

こころとは脳の内部にあるという倫理の先生の目の奥の空
牛乳のあふれるような春の日に天に吸われる桜のおしべ
駐輪場の隅の桜は花びらをペダルに落とす風なき日暮れ
東京の空にぎんいろ飛行船　十七歳の夏が近づく
エタノールの化学式書く先生の白衣にとどく青葉のかげり
なんとなく早足で過ぐ日差し濃く溜れる男子更衣室の前
かたつむりとつぶやくときのやさしさは腋下にかすか汗滲《し》むごとし
制服のわれの頭上に白雲は吹きあがりおり渋谷の空を
噴水に乱反射する光あり性愛をまだ知らないわたし
日光を浴びることなく食われゆくホワイトアスパラガスあくまで白し
たくさんの眼がみつめいる空間を静かにうごく柔道着の群れ
特急の電車ぐわんとすぎるとき頭の中でワニが口開《あ》く
梅雨の夜は重たく赤く濡れている小さき球のさくらんぼ食む
もう二度とこんなに多くのダンボールを切ることはない最後の文化祭

小島なお

小島なお

ふちのない眼鏡が割れるはかなさでステンドグラスのうつる階段
階段をのぼると見える地平線一つの線で分けられる青
合唱の練習のとき制服のわれはピアノにもたれていたり
おはじきをなめる子供は無表情　硝子の味はすごくさびしい
夏空へ黙って階段のぼりゆく逆光まぶしくきみが見えない
日記には本当のことは書けなくて海の底までわが影落とす
さみしくて貝のような息をして　瞼に君を閉じ込めてしまおう
ひとりみた夕焼けきれいすぎたから今日はメールを見ないで眠る
十代にもどることはもうできないがもどらなくていい　濃い夏の影
思い出す人あることの幸せは外側だけが減りゆく靴底
すっぽりとタートルネックを着たわれはきみに気づかぬふりをしている
教科書にのってるようなオリオン座みつけたらそれは冬のうらがわ
変わりゆくいまを愛せばブラウスの袖から袖へ抜けるなつかぜ
低音でゆっくり話すきみの声アルペジオのように夏が昏れゆく

小島なお

疑いはステンドグラスの破片かもしれないらせん階段昇る

乾電池ぽとり捨てゆく人ありて深夜音なく星は増えゆく

わたくしも子を産めるのと天蓋をゆたかに開くグランドピアノ

老人ホームにひるの月あり祖父とわれと共鳴しているごとく黙りぬ

無人なるエレベーターの開くとき誰のものでもない光あり

どんなにかさびしい白い指先で祖父は書きしか春の俳句を

マンホールに冬の陽溜りその上をゆくとき地下まで響く靴音

巨大なる甲虫目のトラックの群れなしており月夜の倉庫

広大な芝生に人ら憩いつつ太陽系なす春の核家族

ポプラの葉あそこもここも揺れはじめやがてみどりの海洋になる

まいまいは古代楽器の姿して雨の音風の音からだを巡る

飛翔する鳥のこころはあたらしき画用紙を買うわたしのこころ

首都高のトンネルで思う進化論赤いライトは過ぎ去るばかり

きみとの恋終わりプールに泳ぎおり十メートル地点で悲しみがくる

『サリンジャーは死んでしまった』

小島なお

携帯電話海に投げ捨て響かせる海底世界にきみの着信

ブラスバンドのバスの音ばかり聞こえつつはじめて愛を告げられし夏

メロンに刃刺し込むときに光あり遠い運河にいま橋かかる

ムササビのような寝姿恋人がいると思えずわが妹よ

送電線鉄塔無数いじめる子いじめられる子いて冬に入る

ふくふくとしてもりあがる春の土菜の花色のブルドーザー過ぐ

エレベーター昇りつつ徐々に近づける九階の窓にわれの家族に

いつからか雲を数える癖がつき鰯雲ならぜんぶでひとつ

雲見ればわがうちに雲生まれたりその雲がいまきみに会いにゆく

冬空を映すプールの栓を抜き冬空を一つだけに戻せり

水抜きしのちのプールに夕焼けのひかりを入れて完了とする

どこだって構わないそっとビニールシート敷けば四角い陽射しが座る

パソコンで業務フロー図描いているわが胸のうちの枝のぐにゃぐにゃ

きみの手を摑んで駆けるこのときをぎしぎしと樫の木が立ちあがる

望月裕二郎

わたくしはいないいないばあ

もちづき・ゆうじろう　一九八六年東京都生まれ。立教大学文学部卒業。二〇〇七年、「早稲田短歌会」入会。二〇〇九年、同人誌「町」結成に参加、二〇一一年に解散。

子どものころ落語が好きだった時期があって、今も江戸弁っぽい文体の文章を読むと心躍る。短歌にもそういうのないかなと思うけど不思議なことに歌人には江戸っ子が少なくて、地方からの上京者が多い歴史を持つ。俳句には久保田万太郎はじめ、江戸情緒を愛好した一派があるんだけど。江戸っ子の性格が湿っぽい短歌を嫌うのか？

もっともそれは近代の話で、現代短歌だと江戸弁っぽい文体もちょこちょこみられる。その中でもきわめてへんてこな文体を駆使しているのが、望月裕二郎だ。

彼は立教大学一年生のとき、当時教鞭をとっていた詩人・映画評論家の阿部嘉昭の演習講義に出席したことで口語短歌を始めたそうだ。これまでこういう文体で現代短歌を詠もうとした者はおそらくいなかった、とまで思えるほどの奇才である。

さかみちを全速力でかけおりてうちについたら幕府をひらく

くやしくて涙がきれい暮れるまでつらなっていろ左のように

ひたいから嘘でてますよ毛穴から（べらんめえ）ほら江戸でてますよ

そのむかし（どのむかしだよ）人ひとりに口はひとつときまってたころ

おまえらはさっかーしてろわたくしはさっきひろった虫をきたえる

『あそこ』

軽いべらんめえ口調の匂いを帯びてポンポンと飛び出す口語体、括弧でとじた囃子言葉、ひたすらにナンセンスな内容。わけがわからないのに読んでいるうちになんとも癖になる。江戸弁がベースにはなっているのだろうが、かなり戯画的だ。これだけブロークンな口語なのに一人称には「わたくし」を好むのが面白い。人様に見せる「芸」という意識があるのかも。

現代短歌には類例のない文体だが、東京都墨田区出身の現代詩人・廿楽順治は下町言葉を積極的に詩に取り入れており、作風にやや似通ったところがある。「かわではかっているやくざないのち／がどうしたこうした／およいでわたってきたわけでもないのに／みずだけはまだ／そのちんぽこでうるんでいるか／かわはぼくのしっぽ／かげをながくする忍法でこの世紀をこえてきた」（廿楽順治詩集『すみだがわ』所収の詩「すみだがわ」より一部抜粋）。ひらがなを多用したすっとぼけた字面で威勢よく言葉を繰り出してゆくあたり、実に落語的だ。

ロックフェス連れてこられた子供らに未来禁止の耳鳴り続く
吉野家の向かいの客が食べ終わりほぼ同じ客がその席に着く

トランクスを降ろして便器に跨って尻から個人情報を出す
暴行に及んだことがない僕の右手で水はひねれば止まる
『あそこ』

このあたりは落語でもお笑いでもなく、ロックを感じる短歌だ。威勢よくポンポンと言葉をちぎっては投げしてゆく威勢の良さが心地いい。望月裕二郎はたぶんじめじめした抒情性が嫌いなんだろう。喪失の後に残る余情に安易に頼ることをよしとしない。それよりも人間がナマの身体を持って今ここにあること、いろいろなものを排泄しながら情けない肉塊としてどこまでも存在し続けること、その悲哀に目を向けようとする。具体的な情景描写などをほとんどせずに抽象的な言葉だけで歌を成立させようとする傾向があるが、その向こう側に猥雑な都市群が、確かに生々しく見えてくる。望月裕二郎の短歌は、響きを楽しみながらの大声のシャウトがぴったり来る。

『あそこ』

望月裕二郎

いちどわたしにあつまってくれ最近のわかものものふりそびれた雨も

さかみちを全速力でかけおりてうちについたら幕府をひらく

あぶらでもさすか空しかみえないしけれどわたしは空ではないし

猿いっぽ手まえでまがるにおいにもおいぬかされていたのであって

請われわたしは空腹の栗をむくまでだそこにすわっている虫の秋

わからない星座を西につくろうとひっしにこげている鷹のつめ

くやしくて涙がきれい暮れるまでつらなっていろ左のように

いっこうにかまわない土地をとられてもその土地に虫がねむっていても

おもうからあるのだそこにわたくしはいないいないばあこれが顔だよ

どの口がそうだといったこの口かいけない口だこうやってやる

だまっても口がへらない食卓にわたしの席がみあたらないが

おじさんの脱皮（漢語がふえたなあ）しゃべるまえから口がすべって

もう立ってわたしにはなしかけてるがさっき生まれたのでなかったか

いもしない犬のあるき方のことでうるさいな死後はつつしみなさい

望月裕二郎

生きるときのことばをわすれてしまったちわわとかわるがわるに生きる
穴があれば入りたいというその口は（おことばですが）穴じゃないのか
五臓六腑がにえくりかえってぐつぐつのわたしで一風呂あびてかえれよ
ひたいから嘘でてますよ毛穴から（べらんめえ）ほら江戸でてますよ
わたくしが述語とむすびつくまでに耳のおおきな川が一本
そろそろ庭になっていいかな（まあだだよ）わたしの台詞はもうないんだが
生まれるまえに老いはおわっていた（ここはわらうとこだが）だまっててぱぱ
われわれわれは（なんにんいるんだ）頭よく生きたいのだがふくらんじゃった
そのむかし（どのむかしだよ）人ひとりに口はひとつときまってたころ
せつじょくってことばがあるのか（いくさだねえ）雪がみさいるでみさいるは風で
玉川上水いつまでながれているんだよ人のからだをかってにつかって
たいたらほっちそこにいたのかたいたらほっちわたしの濁点をとこにかくした
車もひとつのからだであって（えんやこりゃ）へたなところはさわれやしねえ
だらしなく舌をたれてる（牛だろう）（庭だろう）なにが東京都だよ

望月裕二郎

ちるようにあるくわたしは犬として自分のいのちを自分できめる
なでさするきもちがいつも電柱でござる自分をあいしてよいか
歯に衣をきせて（わたしも服ぐらいきたいものだが）外をあるかす
おまえらはさっかーしてろわたくしはさっきひろった虫をきたえる
そうやって天狗になるなよ天狗ってあの鼻のながいあかいやつだが
この世からどっこいしょってたちあがるなにもかけ声はそれでなくても
（おわけえのおまちなせえやし）またないよわたしは足とつづいてるから
へへののもへじ（だれだよおまえ）ひらがなで名づけられ音として生きる犬
一九八六年わたくしは百年まちがえて生まれてみた
ロックフェス連れてこられた子供らに未来禁止の耳鳴り続く
この世界創造したのが神ならばテーブルにそぼろ撒いたのは母
「一体誰がファックスの音考えた」「自然にできた」「そんなはずない」
人の数だけ世界はあってわたくしの世界では人が毎日死んでる
目覚めれば地球は今日も窓枠に朝陽を引用して廻りだす

望月裕二郎

吉野家の向かいの客が食べ終わりほぼ同じ客がその席に着く
つり革に光る歴史よ全員で一度死のうか満員電車
感想と具体例のない僕たちがコーラの蓋を閉めて眠る夜
寒い朝サイズの合わない靴はいて僕だけのものにならないでほしい
数多ある競合他社に打ち勝った枕で今日も眠らんとする
吹田市は「すいたし」と読む「ふきたし」と読めばそこから砕ける地球
トランクスを降ろして便器に跨って尻から個人情報を出す
胸骨を指でなぞって幸せかすぐにわからなくなる　みずうみ
どれだけ強く廻してもすぐ停止する地球儀ここが僕の箱庭
だんだんと冗長になるセックスの明日何時に起きるんだっけ
暴行に及んだことがない僕の右手で水はひねれば止まる
曇天の高架橋の下あやまって昨日を映してしまう水溜り
鈍行は夕日を重く引きずって壊れないここは誰の箱庭
さしあたり永遠であれ人間の夜の舗道を伸びる白線

吉岡太朗

もうわしだけになってしもうた

よしおか・たろう　一九八六年石川県小松市生まれ、京都市在住。京都文教大学人間学部文化人類学科卒業。二〇〇五年に作歌を始め、「京大短歌会」に入会。二〇〇七年、「六千万個の風鈴」で第五十回短歌研究新人賞受賞。

短歌に新人賞というものがあると知ってちゃんと注目するようになった最初の頃の受賞者が、この吉岡太朗だった。当時二十一歳で、「京大短歌会」所属の学生歌人だった。ぼくは「短歌は年寄りの趣味」というイメージが世間にあるという話が全くぴんと来なくて、そういうイメージを抱いている人のことが全く信じられないのだが、ビギナー時代に自分より年下の人たちが次々とデビューしまくるのを見たからかもしれない。

彼はもともとはライトノベルやファンタジー小説のファンで、短歌を知ったのは英米ファンタジーの翻訳家でもある歌人・井辻朱美の影響だった。小説を書くための練習で短歌を作っていたとか。そのためか、ファンタジー・SF的な要素の強い歌が目立つ。

ごみ箱に天使がまるごと捨ててありはねとからだを分別している

兄さんと製造番号二つ違い　抱かれて死ぬんだあったかいんだ

海をぜんぶ吸い込むための掃除機に今朝シロナガスクジラがつまる

『ひだりききの機械』

アンドロイドや天使が跋扈する「六千万個の風鈴」、スーパーマーケットにゲリラ部隊が現れて市街戦が展開される様子を漫画チックに描く「もしスーパーマーケットが戦場になったら」など、奇想をベースに置いた短歌を作る。奇妙な世界観を好む連作型の歌人という点では石川美南との共通性があるが、海外文学のマジック・リアリズムをバックボーンに持つ石川の洗練された奇想に比べて、吉岡の世界観はもっと日本型ファンタジー、つまりは漫画・アニメに近いキッチュなセンスがある。
そしてこの奇想センスは、しだいに文体そのもののねじれも生むようになってゆく。「わし」を一人称に据えた関西弁の歌を作るようになってからは、短歌の文体実験にかなり自覚的になっている。

自転車のサドルとわしのきんたまのその触れ合いとへだたりのこと

歯みがきをしているわしは歯みがきをされとるわしにつづくほら穴

それでもわしは叫ぶんやから無い口のかわりに穴からひり出している

縁起とはこの白色のたくわんの腸に交はり茶色くなること

『ひだりききの機械』

使用されている関西弁そのものが上品な上方言葉ではなくかなり汚いタイプのものであるうえに、スカトロジー表現を多用しており、意図的に下品さを追求している。吉岡は大学を卒業後、難病患者の介護業務に携わるようになったらしい。この関西弁がおそらくは患者の言葉遣いをモデルにしているのだろうこと、生と死が紙一重の世界で糞尿も日常の中に取り込んでいかなくてはならない現実を体感したのだろうことを、なんとなく推測できる。なにしろ「わし」はいつも下品で無神経でひょうひょうとしていて、それでいていつも死と真っ向に向き合っている男として描かれているのだ。
歌集『ひだりききの機械』の最後を飾る「れきしてきいきづかい」は、吉岡本人の手書き文字（お世辞にもきれいな字とはいえない）で表記されているというとんでもない連作だ。「下品」「汚い」「稚拙」、そう評されてこれまで芸術の領域から放逐されてきたもの。その中にこそむしろ人間の真実があることを吉岡は信じ、短歌の文体そのものの実験を推進しているんだろう。短歌とは人間の生身のからだが作り出す「いきづかい」だ。特に方言というのは究極の口語だから、これからの短歌の地平を切り開く大きな武器の一つだろう。そういう点でも、吉岡太郎はトップランナーだ。

吉岡太朗

『ひだりききの機械』

南海にイルカのおよぐポスターをアンドロイドの警官が踏む

アマゾンの下水溝には龍族の末裔たちが眠りをする

二十個の宇宙に等しい記憶機が打ち捨てられる僕らを容れて

朝焼けの監視装置に指立てて　まだ君はそれに気づいていない

ごみ箱に天使がまるごと捨ててありはねとからだを分別している

兄さんと製造番号二つ違い　抱かれて死ぬんだあったかいんだ

プログラムは更新されて君は消える　風鈴の向こうに広がった夏

すぐ花を殺す左手　君なんて元からいないと先生は言う

海建設予定地の跡地　自転車をおして皮膚へとしみこます風

抜けてきたすべての道は露に消え連続わたし殺人事件

不死鳥をガソリン漬けにしてぼくら燃やすのはまだもったいないと

かろうじて魚類とわかるきらきらと鱗のかわりに画鋲まみれの

海をぜんぶ吸い込むための掃除機に今朝シロナガスクジラがつまる

万年時給７００円が渾身の力ではなつプラズマテレビ

吉岡太朗

ねこ耳をつけてマグロにかぶりつく作戦に君の前歯が折れる
世界樹を砂に還して吹く風の崩れてもくずれても漣痕は
あけがたの月光濾過機をかたづけるひかりおえたのたしかめてから
夢飼いの民族誌からの引用がつむいだ船を夜色に塗る
次々に現れてくる花を名に還元しながら君は歩いた
一葉のもみじが先にいろづいて葉の裏にうす青くMade in LAWSON
月面にただ一軒のローソンのひかりのなかに安楽椅子が
バイパスは橙色の灯を点し君がしているゆうやけのふり
対岸に青く光ってローソンはにぎわうけれど美しい墓
側面にポカリスエットとかいてあるこの自販機は飲めるんか
自転車で鼻唄なわし　自転車とわしに乗っかり生きのびる唄
それなしの種がいるとでもゆうように黒マジックで「有頭海老」と
あじさいが前にのめって集団で土下座をしとるようにも見える
自販機の投入口から垂れている液体が坂を下って西へ

吉岡太朗

かつてそこにはコンビニっちゅうもんがあり今は共同墓地となりたり
ぬめっとるまなこに指をさし入れてゆびが魚をつきやぶるまで
自転車のサドルとわしのきんたまのその触れ合いとへだたりのこと
青鷺が超高速で川ん中に静止しとる
傘を打つたびに雨からあまおとが剝がれていつか死ぬ身をわしは
目が覚めてもうやんどるというような静けさのなか降っている雨
吐く息が指をぬくめて死ぬことのそのわからへんからっぽがこわい
しろめしを上の前歯にひっかけて歯の裏側の穴へとおとす
筋ジスてなんのことやと思うたら欠けるばかりの月、とあなたは
うすやみに息をかぞえているわしはわしからわしに架けわたす橋
歯みがきをしているわしは歯みがきをされとるわしにつづくほら穴
それでもわしは叫ぶんやから無い口のかわりに穴からひり出している
やすもんの義足をわしにはめている少年の目を見たことがない
冷蔵庫ひらけばそそぐ橙のひかりのなかで懺悔をしとる

吉岡太朗

これからも失う日々の缶切りを使えるようになったでくのぼう

軟便ののちを拭へば紙濡らす糞の汁かな下品《げぼん》の生に

縁起とはこの白色のたくわんの腸に交はり茶色くなること

うん、といふ気合ひに生まれる子やけどぺちより、とすぐに水子となりぬ

ようわからんひとがしっこをするとこを見にきてしかもようほめる

やきんあけのかあちゃん帰ってあさめしとひるめしつくりにとうちゃんがくる

ゆきはうごいとる病院はうごいとらんもうわしだけになってしもうた

レシートは冬の陽射しを記録してやがて無文字となる白い土地

解散でなくて昼間の別行動ふたりで住むという経験は

この川は記憶を甘やかす川と雪柳もうすこしだけ見てる

お客様がおかけになった番号はいま草原をあるいています

もおきみはうつくしいばか髪の毛をみみたぶごとなめるな

きみをおもちゃにしてるだなんてねーまさか楽器にしてるレの音を出す

けふわらわいちにちわらわとなりわらわそなたにせくすとやらがしたいぞ

野口あや子
そこしか触れないなんて　よわむし

短歌という詩形のあまり多くない弱点の一つとして、ともすればハイソサエティなインテリ層の文芸に陥ってしまいやすいことが挙げられる。正岡子規はそうなってしまっていた近世和歌を厳しく批判して民衆文芸としての近代短歌を作り上げた。この「ハイソ化」の誘惑は現代短歌の確立した今もしばしば発生してしまいがちだ。

野口あや子という歌人の貴重な資質は、「地方都市のヤンキー層の女性」という文化的背景を抱えたまま、そういった層の「言葉にならない言葉」をすくい上げることに成功していることだろう。それは「東京のインテリ層の男性」という、社会的に特権を持っているポジションの者から見れば眉をひそめるようなものも少なくないかもしれない。しかし、ぺらぺらと流暢に話す強者の言葉など、文化は一切必要としていない。真に強い言葉とは、たとえば野口あや子の短歌のようなものだ。

熱帯びたあかるい箱に閉ざされてどこへも行けないポカリの「みほん」

ゼリー状になったあなたを抱きかかえ　しんじつから目をそむけませんか

左手首に包帯巻きつつ思い出すここから生まれた折り鶴の数

窓ぎわにあかいタチアオイ見えていてそこしか触れないなんてよわむし

『くびすじの欠片』

野口あや子は岐阜県出身で、十五歳のときに作歌を始めた。短歌研究新人賞を受賞してデビューした当時は、地元の通信制高校に通う十九歳の女子高生だった。

のぐち・あやこ　一九八七年岐阜県生まれ。愛知県名古屋市在住。愛知淑徳大学文化創造学部卒業。「幻桃」短歌会、「未来」短歌会に所属。松村あや、加藤治郎に師事。二〇〇六年、高校在学中に「カシスドロップ」で第四十九回短歌研究新人賞受賞。二〇一〇年、第一歌集『くびすじの欠片』で第五十四回現代歌人協会賞を史上最年少で受賞。

事情があって、少し回り道をする高校生活を送ることになったらしい。ぼくは短歌を読み始めた頃にそのデビューに出くわしたが、女子高生歌人が登場したことの意味は、初心者ゆえに知らなかった。第一歌集『くびすじの欠片』は主に高校時代の作品をまとめたものであるが、リストカット、セックス、教師への片思いといった刺激的な題材が頻出する。影響を受けた作家が山田詠美、金原ひとみというところがわかりやすくていい。地方都市の学校という狭いコミュニティの中で人間関係に悩みながら、さんざん考えた結果「悩んでたって時間の無駄、とにかく生きてやる」という結論に達するような、ヤンキー寄り文学少女のポジションである。文化的には結構ボリュームをもった層であるが、短歌の世界の中ではそんなポジションの歌人すら貴重で、これまで空位だったのだ。

もし短歌と出会っていなかったら、という質問に対して野口あや子は、「大学にも行かず早く結婚してたくさんの子どもを作って主婦になっていた」と答える。この回答の裏側にはきっと、茶髪のパーマヘアで、子どもの後ろ髪を伸ばして、一家総出でジャージ姿でドン・キホーテに出かけるもうひとりの自分のイメージがあるのだろう。もしそこまで進行してしまっていたなら、おそらく短歌と交わる接点は生涯なくなる。そういう可能性すらあった歌人だからこそ、野口あや子は得がたい存在なのである。

体毛の深き友となお「好きな子」の語彙には餌を与えていたり

かあさんは食べさせたがるかあさんは（私に砂を）食べさせたがる

「太ってる、まだ太ってる」と叫ぶときわたしは刺草のようにさみしい

『夏にふれる』

第二歌集『夏にふれる』には「拒食症だった私へ」というカミングアウトに近い連作がある。拒食症という文化的背景に影響された病気もまた、野口あや子の決してハイソにはなりえない、「ヤンキー女子」の魂の慟哭と密接に関わっているように思う。

野口あや子

互いしか知らぬジョークで笑い合うふたりに部屋を貸して下さい

セロファンの鞄にピストルだけ入れて美しき夜の旅に出ましょう

熱帯びたあかるい箱に閉ざされてどこへも行けないポカリの「みほん」

はつなつの服装検査　先生に短いリボンを直されている

2x-5y=0　ピーチミントのガム噛みながら

封切った缶のドロップいつだって残る薄荷の話をしよう

ただひとり引きとめてくれてありがとう靴底につく灰色のガム

ゼリー状になったあなたを抱きかかえ　しんじつから目をそむけませんか

薄氷裸足で踏んでお互いに傷付くことがしたかったのだ

振り回すコーラ缶から向日葵が咲いて溢れてとまらない夏

舐められた傷口がまた甘いから痛いいたいと繰り返してた

もう迷うことなんてない　君の手で時計の針が外されていく

なにもかも決めかねている日々ののち　ぱしゅっとあける三ツ矢サイダー

わらわらとヤンキーは来てわらわらと去れりコップに歯形をつけて

『くびすじの欠片』

野口あや子

知らぬ間に汚れてしまった指先をジーンズで拭う　非常階段

青春の心拍として一粒のカシスドロップ白地図に置く

チョーク持つ先生の太い親指よ恋知る前に恋歌を知る

あなたでは絶対触れられない場所にオリーブ色の蝶々を飼う

せんせいのおくさんなんてあこがれない／紺ソックスで包むふくらはぎ

左手首に包帯巻きつつ思い出すここから生まれた折り鶴の数

えいきゅうにしなないにんげんどうですか。電信柱の芯に尋ねる

わがままを試されている　角砂糖が炭酸水に溶けていくまで

嫌なんて言わせないままくちづける杏仁豆腐色の夕焼け

手首から細くしたたるパルファムが染め抜いていく紫陽花の青

恋人の悪口ばかり言いながら持て余している桃のジェラート

わたしたち戦う意味は知らないし花火を綺麗と思ってしまう

真夜中の鎖骨をつたうぬるい水あのひとを言う母なまぐさい

マスカラを重ね塗りする　君の空軽いでしょうか放課後が来る

野口あや子

自転車の学校名のステッカーひりひり剥がす　忘れずにいる
アクリルの白いコートを汚す雨　好きってそういう意味じゃなかった
こいびとの言葉借りればあや子ってひとは最高らしいくるしい
私には私の心臓しかなくて駆ければ不作法に鳴るさみしさよ
窓ぎわにあかいタチアオイ見えていてそこしか触れないなんてよわむし
飛べぬまま夏を過ごしてコーラからストロー抜けばちゃいろいしずく
生きてって言われて欲しいひとばかりコットンキャンディー唾液でつぶす
口内炎かわされながらしてるキス　嫌だったずっとずっと嫌だった
ひざまずきポスターを描く女子たちはTシャツの襟元をおさえて
Re:Re:を振り切るような出会いかたピアスの数がまた増えていた
しゅーせーえき、と薄桃の舌で言われたり古き愛語のようにさみしい
野口あや子。あだ名「極道」ハンカチを口に咥えて手を洗いたり
体毛の深き友となお「好きな子」の語彙には餌を与えていたり
かあさんは食べさせたがるかあさんは（私に砂を）食べさせたがる

『夏にふれる』

野口あや子

「太ってる、まだ太ってる」と叫ぶときわたしは刺草のようにさみしい

銀紙をなくしてガムを噛むように　思春期が香らなくなるまでを

精神を残して全部あげたからわたしのことはさん付けで呼べ

コルクのような手首だったか　押しつける壁に弾めば妙にかるくて

今月のVOGUEのモデルのまなぶたを美しくする修羅の秘訣は

ビューラーの金属光は相聞の拷問器具になりにけるかも

頑張ってる女の子とか辛いからわたしはマカロンみたいに生きる

剝げているペディキュアのぶん軽いからどこまでもいける　だとしても、だめ

学歴は二の次にして腕力でモテるひとたち　獅子《ライオン》、カムヒア

boとdoの差が分からない私でもわかるお前の最後はひとりだ

自己批判に金玉がない　そのことを教養などと言っているなり

そこそこに頭の回るひとの意見に「モテないけどね」を付けたして、殺る

ツイッターとフェイスブックで自己実現したる学生を現実で、殺る

正論でもきみでも触れえぬ場所にあるあかいかたちを守りておりぬ

『かなしき玩具譚』

服部真里子
戦って勝つために生まれた

はっとり・まりこ　一九八七年神奈川県横浜市生まれ。二〇〇六年、早稲田短歌会入会。二〇〇九年、同人誌「町」に参加。二〇一一年の解散を経て、二〇一二年に「未来」短歌会に入会。二〇一三年、「湖と引力」で第二十四回歌壇賞受賞。二〇一五年、第一歌集『行け広野へと』で第五十九回現代歌人協会賞受賞。

服部真里子は早稲田短歌会出身で、学生短歌会出身者の同人誌「町」に参加。「町」解散後は「未来」短歌会にて立ち上がった黒瀬珂瀾の選歌欄に参加した。幻想性を帯びた作風であるが、精霊や幻獣のような異世界的モチーフに頼ってファンタジックにするということはない。花や鳥、四季など現実の自然界に存在するいたってオーソドックスなモチーフを使いながら、言葉と言葉のぶつかり合いのなかで現実を超えたイメージを紡ぎだしていこうとする。そういうタイプである。

三月の真っただ中を落ちてゆく雲雀、あるいは光の
溺死
浜木綿と言うきみの唇《くち》うす闇に母音の動きだけ見え
ている
春だねと言えば名前を呼ばれたと思った犬が近寄っ
てくる
『行け広野へと』

「雲雀」と「光」で韻を踏みながら、溺死のイメージによって隔たりのある両者をつなげる。「はまゆう」という響きと意味とのあいだが乖離してゆく瞬間を見つめる。こんなふうに、音と意味のすきまを突きながらそこに生じてくる現実を超えたイメージをつかみとろうとする作りの歌が多い。音楽的な作り方をしているといえるだろう。それがときに難解な表現を生むこともある。隠喩として読み取ろうとするよりも、音韻を楽しむほうが適しているタイプの歌が多いように思う。

特徴的なのは「花」というモチーフの詠み方だ。古典の時代から短歌の主要モチーフである花だが、現代日本では多様な種類の花に日常的に触れる機会が少なく、詠まれにくくなっているのが実状だ。しかし服部

は、若手歌人には珍しく多様な花を詠もうとする傾向があり、しかも花とおよそ似つかわしくない奇妙なモチーフとの取り合わせを好む。

引き金のようにそこだけかがやいて沈丁花咲く父の
傍ら

たとえば火事の記憶　たとえば水仙の切り花　少し
痩せたね君は

地方都市ひとつひとつを焼きつくすほどのカンナを買って
帰り来る姉

酸漿《ほおずき》のひとつひとつを指さしてあれはともし火　す
べて標的
『行け広野へと』

「引き金」と「沈丁花」、「火事」と「水仙」、「焼きつくす」と「カンナ」、「標的」と「酸漿」……。美しいはずの花が、暴力のイメージと並べられながら詠まれる。全てを蹂躙し焼きつくす「火」のイメージが重ねられていることも多い。

服部はなぜ、花と暴力を重ねるのか。歌集のあとがきにはこう書かれている。「人間の本質は暴力だと思う、とかつて書いたことがあります。暴力とは、相手を自分の思う通りの姿に変えようとすることだと。今でも、人が人と関わることは本質的に暴力だと思っています」。自然なる美の象徴であるはずの花。しかしそこにも他者を思うままに操ろうとする暴力の影が潜んでいる。歌集には「父」が頻繁に登場する。一貫して穏やかそうに描かれているのだが、服部の歌に影を落とし続けてきた「暴力」とは父性のことなのかもしれない。

「花」であることを他者から求められる暴力。ときに自分自身もまた他者に「鳥」や「犬」であることを求めてしまう暴力。暴力的なかたちでしかありえないコミュニケーションへ絶望し、それでも最後の希望として「言葉と言葉の衝突」にすがる。それも意味から引き離された、音楽的なかたちとしての言葉。服部の短歌は、他者をコントロールしようと企む「意味」にあまりにも汚染されたコミュニケーションのあり方に疲弊した人に、きっと染み渡るように届くことだろう。

服部真里子

三月の真ったただ中を落ちてゆく雲雀、あるいは光の溺死

前髪へ縦にはさみを入れるときはるかな針葉樹林の翳り

終電ののちのホームに見上げれば月はスケートリンクの匂い

雪の日の観音開きの窓を開けあなたは誰へ放たれた鳥

ほほえみを　あなたの街をすぎてゆく遊覧船の速度を　風を

スプラッシュマウンテン落ちてゆく春よ半島は今ひかりの祭り

人の手を払って降りる踊り場はこんなにも明るい展翅板

傷ついた眼鏡をはずし仰ぎたり青空の傷、すなわち虹を

藤の花垂れるしかない夕つ方映画のように笑ってようよ

手を広げ人を迎えた思い出のグラドゥス・アド・パルナッスム博士

浜木綿と言うきみの唇《くち》うす闇に母音の動きだけ見えている

夜の渡河　美しいものの掌が私の耳を塞いでくれる

窓ガラスうすき駅舎に降り立ちて父はしずかに喪章を外す

引き金のようにそこだけかがやいて沈丁花咲く父の傍ら

『行け広野へと』

服部真里子

さよ　とは従姉の名前　借りた本かえしに三日月の下を行く
たとえば火事の記憶　たとえば水仙の切り花　少し痩せたね君は
冬は馬。鈍く蹄をひからせてあなたの夢を発つ朝が来る
窓際で新書を開く人がみな父親のよう水鳥のよう
春だねと言えば名前を呼ばれたと思った犬が近寄ってくる
父よ　夢と気づいてなお続く夢に送電線がふるえる
届かないものはどうして美しい君がぶどうの種吐いている
灯されてこの世のあらゆる優しさを離れプラネタリウムはめぐる
野ざらしで吹きっさらしの肺である戦って勝つために生まれた
広野《こうや》へと降りて私もまた広野滑走路には風が止まない
弾く者の顔うつすまで磨かれてピアノお前をあふれ出す河
新疆とはあたらしい土地　わたしにも名づけた人にもその子孫にも
キング・オブ・キングス　死への歩みでも踵から金の砂をこぼして
冬晴れのひと日をほしいままにするトランペットは冬の権力

服部真里子

壮大なかかと落としのように日は暮れて花冷えの街となる
木犀のひかる夕べよもういない父が私を鳥の名で呼ぶ
運河を知っていますかわたくしがあなたに触れて動きだす水
人の世を訪れし黒いむく犬が夕暮れを選んで横たわる
穏やかに心の端をしめらせて手を当てるブルーギルの水槽
あまりにも輝かしすぎる水切りを友は身投げのようだと言った
嘘をきらう君と私はいっしんにスノードームに雪を降らせる
海を見よ　その平らかさたよりなさ　僕はかたちを持ってしまった
ひとごろしの道具のように立っている冬の噴水　冬の恋人
走れトロイカ　おまえの残す静寂に開く幾千もの門がある
校庭で遭難しようひとすじのスプリンクラーは冬を寿ぐ
祖母《おおはは》の暴力的に食べ残すみかんやみかんの袋や筋や
感覚はいつも静かだ柿むけば初めてそれが怒りと分かる
封筒のおかあさんへという文字の所在なく身をよじっている夜

服部真里子

喜びや悲しみではなくそれはただ季節の変わり目の蜃気楼

積載量いっぱいに春の花のせてトラックは行く真昼の坂を

遮断機は一度に上がり少年よこれがお前の新しい本

少しずつ角度違えて立っている三博士もう春が来ている

天窓の開け放たれたような日のバドミントンという空中戦

はるばると首をもたげてみな湖《うみ》の方を見ている信号機たち

地方都市ひとつを焼きつくすほどのカンナを買って帰り来る姉

どこをほっつき歩いているのかあのばかは虹のかたちのあいつの歯型

青空からそのまま降ってきたようなそれはキリンという管楽器

金貨ほどの灯をのせているいつの日か君がなくしてしまうライター

酸漿《ほおずき》のひとつひとつを指さしてあれはともし火　すべて標的

ひまわりの種をばらばらこぼしつつ笑って君は美しい崖

草原を梳いてやまない風の指あなたが行けと言うなら行こう

エレベーターあなたがあなたであることの光を帯びて吸い上げられる

木下龍也
どんなにあがいてもエキストラ

きのした・たつや　一九八八年山口県生まれ、山口県在住。二〇一一年より作歌を始め、穂村弘「短歌ください」（『ダ・ヴィンチ』）や短歌と写真のフリーペーパー「うたらば」などに投稿を開始。二〇一二年、第四十一回全国短歌大会にて大会賞を受賞。岡野大嗣らとともに短歌朗読などのユニットでも活動する。

節目となったのは二〇〇八年、穂村弘が「ダ・ヴィンチ」や「日経歌壇」にて選者をつとめ始めたあたりからだろうか。「弱者の反撃の声」「社会の価値観を反転させる言葉」としての短歌の価値が強調されるようになった。そして一〇年代に入ってからは、優れた言葉の運動神経を発揮して、手垢のついたイメージの転覆を狙う「逆転の発想」の歌がとみに目立つようになった。そのトップランナーといえるのが、二〇一一年に作歌を始めた木下龍也だろう。

隣人にはじめて声をかけられる「おはよう」ではなく「たすけてくれ」と

B型の不足を叫ぶ青年が血のいれものとして僕を見る

包丁を買う若者の顔付きをちゃんと覚えておくレジ係

後ろから刺された僕のお腹からちょっと刃先が見えているなう

『つむじ風、ここにあります』

木下はもともとコピーライターを目指していたが断念し、地元の山口県周南市に帰って父親の経営する会社に入った頃に、短歌と出会ったそうだ。そして「ダ・ヴィンチ」「毎日歌壇」や短歌フリーペーパー「うたらば」といったメディアに投稿を始めた。特定の結社や同人誌には所属せず、歌会などの相互批評の場への参加もほとんどなく、限られた選歌スペースに自分の歌が割かれるのを目標とする投稿歌人としてのスタンスを現在も続けている。

コピーライター志望であったこと、東京から帰郷しての地方都市暮らしであることは、その作風と深く関係していそうだ。「本流」を外れてしまったがゆえの傍流的視点とネガティブな発想を、優れた風刺へ転換させることに成功している。その一方で作風が匿名的であり、木下龍也という人間の個性を生かした私小説的な部分があまりない。だからお題に沿って面白い回答を提出する「大喜利」的な短歌という印象がどこかつきまとい、近代短歌を読み慣れた者ほど物足りなさを覚える。現代短歌を読み慣れた者なら元ネタもすぐにわかる。だがその作風も、「個」よりも「場」を重視し、作者のオリジナリティとか「内面」なんてものをはなから信じない、ポストモダン的な態度としてごく自然なものだ。音楽で言えばヒップホップがそういう形式だし、ネットサービスでいえば木下の出自であるツイッターが紛れもなくポストモダンだ。穂村は木下の内面に着目して「近代短歌」的側面を評価しているが、もはやそれを超えた方向へ進化し始めている。

右利きに矯正されたその右で母の遺骨を拾う日が来る

いくつもの手に撫でられて少年はようやく父の死を理解する

飛び降りて死ねない鳥があの窓と決めて速度を上げてゆく午後

『つむじ風、ここにあります』

戦場を覆う大きな手はなくて君は小さな手で目を覆う

「笑ってるけどたぶん折れてる」

「笑ってるけどたぶん折れてる」は、学研のウェブマガジン「ほんちゅ！」の連載。一日一首更新で一定のクオリティを見事に維持しているが、時事詠や機会詩と親和性がある木下の作風ならではとも言える。

これまでの引用だけでもわかる通り、木下の短歌のほとんどは一貫して「死」をテーマとし続けている。それも単なる死ではなく、記号的な死、誰の記憶にも残してもらえない死、メディアに消費されるだけの死というイメージが氾濫する。「私は記号的な存在である」「いくらでも替わりのいる存在である」。そんな自己認識にまず立ってから歌を詠まなくてはいけない「私」の叫びが今、ポスト現代短歌を切り開こうとしている。

『つむじ風、ここにあります』

液晶に指すべらせてふるさとに雨を降らせる気象予報士

キャスターは喋り続ける液晶の三原色の傷のむこうで

自販機のひかりまみれのカゲロウが喉の渇きを癒せずにいる

隣人にはじめて声をかけられる「おはよう」ではなく「たすけてくれ」と

盗聴の特集記事を思い出し「知っているぞ」と部屋でつぶやく

砂嵐　加害者家族　砂嵐　誰も死なないニュースをさがす

巻き戻しボタンを押せば雨粒が空へと降って事件当日

Ｂ型の不足を叫ぶ青年が血のいれものとして僕を見る

主人待つ自転車たちのサドルから黄色い肉が飛び出している

夕暮れのゼブラゾーンをビートルズみたいに歩くたったひとりで

コンビニの蛍光灯は休みなく働かされて殺されました

レジ袋いりませんってつぶやいて今日の役目を終えた声帯

燃えさかる傘が空から降ってきてこれは復讐なのだと気付く

下の下でも上の上でもない僕が受け賜わりし青鬼の役

木下龍也

木下龍也

ソマリアの通貨単位は何ですか地獄の通貨単位は笑顔

軍事用ヘリコプターがはつなつの入道雲に格納される

軍事用八十歳がはつなつの公民館に格納される

やわらかな風の散弾てのひらに五つ集めて風に戻した

包丁を買う若者の顔付きをちゃんと覚えておくレジ係

廃品として軽トラにゆられてる雨宿り歴五年のテレビ

活字では登場しないぼくたちはどんなにあがいてもエキストラ

カーペット味と表現したいけどカーペット食べたことがばれる

ハンカチを落としましたよああこれは僕が鬼だということですか

コンタクト型のテレビを目に入れてチャンネル替えるためのまばたき

年収が一億円を超えました十万歳を迎えた春に

生前は無名であった鶏がからあげクンとして蘇る

そういえばいろいろ捨ててあきらめて私を生んでくれてありがとう

カレンダーめくり忘れていたぼくが二秒で終わらせる五・六月

木下龍也

右利きに矯正されたその右で母の遺骨を拾う日が来る
いくつもの手に撫でられて少年はようやく父の死を理解する
鮭の死を米で包んでまたさらに海苔で包んだあれが食べたい
本屋っていつも静かに消えるよね死期を悟った猫みたいにさ
だがしかしガードレールにぶつかればガードレールの値段がわかる
新しい朝が来たけど僕たちは昨日と同じ体操をする
永遠に補修をされることがないビート板には誰かの歯型
ペンネーム佐藤大好きさんからのお便りですが黙殺します
コンビニのバックヤードでミサイルを補充しているような感覚
いたいのが飛んでゆきますソマリアの少年兵の人差し指へ
銃弾は届く言葉は届かない　この距離感でお願いします
飛び上がり自殺をきっとするだろう人に翼を与えたならば
飛び降りて死ねない鳥があの窓と決めて速度を上げてゆく午後
アイロンの形に焦げたシャツを見て笑ってくれるあなたがいない

木下龍也

「笑ってるけどたぶん折れてる」

後ろから刺された僕のお腹からちょっと刃先が見えているなう

透明な電車を五本見送って見える電車を待っている朝

カードキー忘れて水を買いに出て僕は世界に閉じ込められる

かなしみはすべて僕らが引き受ける桜の花は上に散らない

歳月が記憶にあけてゆく穴を照らしてくれるクイズ番組

公園は鳩の空港　おっさんのでかいくしゃみで全機飛び立つ

蛾は降車できずにここで死ぬだろう蛍光灯に罪は問えない

恋人を鮫に食われた斎藤が破産するまでフカヒレを食う

戦場を覆う大きな手はなくて君は小さな手で目を覆う

芋虫の新種だろうと思ったら生まれたばかりのトーマスだった

君が木の役でもぼくは君だけにライトを当てる照明係

「いきますか」「ええ、そろそろ」と雨粒は雲の待合室を出てゆく

血の密輸未遂容疑の蚊はぼくの生命線の上でこわれた

戦争が両目に届く両耳に届く時間を与えられずに

コラム

口語と文語はどうちがう?

現代短歌では日常的なしゃべり言葉に準じた文体を「口語短歌」、近代以前の古典文法の叙述に準じた文体を「文語短歌」と呼ぶ。散文では明治時代の文学者たちによって「言文一致運動」が起こり、二葉亭四迷の小説『浮雲』を端緒に口語文体の記述が普及。口語が散文のベースとして完成していった。

大正期以降の短歌にも同様の言文一致運動があったが、それは二つの流れに分かれていた。一つは坪野哲久などのプロレタリア短歌の流れ。もう一つは大正時代に創刊した同人誌「日光」のメンバーであった前田夕暮、矢代東村、石原純といった歌人たちの流れ。しかしこの時代の口語短歌は五七五七七の定型を崩した破調・散文化の方向へ進み、軍国主義下での弾圧もあり完全には定着しなかった。

口語短歌のパイオニアであった坪野哲久や前田夕暮らは、戦時中から文語定型短歌に移行。戦後は山崎方代(一九一四〜一九八五)などが口語短歌を詠んでいた。前衛短歌の時代には佐佐木幸綱(一九三八〜)や福島泰樹(一九四三〜)が若々しさや暴力性の演出を意図して口語体を短歌の中に取り入れていたが、完全な口語化には至らなかった。その時代は「ロックンロールに日本語を乗せて歌うことはできるか」という「日本語ロック論争」が盛り上がった時期と重なる。

口語短歌が一般に浸透したのは俵万智『サラダ記念日』(一九八七)である。ただ、俵万智の文体は完全な口語だけではなく、口語をベースに一部だけ文語脈を溶け合わせる「口語文語混交体」というかたちだ。日本語ロック論争における英語を文語、日本語を口語になぞらえるならば、はっぴいえんどが果たした仕事が俵万智の仕事だったといえるだろうか(後世の過度な神格化も含めて)。

俵と同時期にデビューした加藤治郎、穂村弘、吉野裕之、林あまりといった歌人たちも、同時発生的に短歌定型に口語を馴染ませる動きを試みている。この時代には日本語を乗せたロックやニューミュージックがすでに完全に一般化しており、日本語ロックの作詞技術を輸入して口語短歌は洗練されてきた。俵万智が松任谷由実、穂村弘がザ・ブルーハーツからの影響を受けたことはよく知られている。また完全口語短歌を掲げて登場した枡野浩一も、作詞家のキャリアがある。

近年では口語と文語はメッセージやリズムの要請から自由に選択可能なものとなっており、大森静佳などのように混交体の歌人も少なくない。口語を選ぶか文語を選ぶかは歌人としての根本的思想を示す「契約」であるとして重視するような保守的な考え方も今なお少なくないが、「文語短歌」とされている文体は正確な古文法からはズレており、明治時代以降に人工的に作られたものであるため、伝統性とは本来無縁だ。

日本語でロックを歌うことが当たり前になった現代人のように、現代の歌人も口語を定型に乗せることは当たり前になった。そんな中でも、斉藤斎藤をはじめ口語短歌の可能性を拡張する理論的な実験を行う歌人もいる。淡々とした文体の中に複雑なシンコペーション・リズムを導入する永井祐や、方言を取り入れた吉岡太朗の試みなどもそんな実験の一種だ。インターネット・コミュニティからは口語の拡張に自覚的な作品がさらに登場しており、たとえば電子書籍で月刊発行される短歌結社（と名乗っている）「なんたる星」では次のような作品が提出されている。

気味が悪い。この牛丼は安すぎる。皆には肉が見えてないのか。　直泰

小児科の壁のでっかいキリンの絵やばいよマジあれは見に行くべき　はだし

右耳でかっこいーーって声がするブルーハーブが歌ってるのに　伊舎堂仁

現代の口語短歌は音楽史でたとえるならば「日本語ロック論争」の段階をすっかり終えて、「日本語ラップ論争」の段階に入りつつある。「日本語ラップはダサい」が乗り越えられたように、「口語短歌は単調」という思い込みも遠からず乗り越えられてゆくだろう。

大森静佳

奪われるには遠すぎたこと

　大森静佳はぼくの一年後輩の角川短歌賞受賞者にあたるが、ちょうど同じくらいの時期に毎日新聞歌壇の加藤治郎選歌欄に投稿していた。毎週のように名前を見かけていた。そのためなんとなく同志感がある。むしろ少し先輩くらいに思っている。当時のぼくは短歌のおかげで精神的などん底を抜けたかわりに承認欲求がむくむくと膨れ上がっていたので気分がささくれ立っていたが、大森静佳がいつも投稿してくる穏やかな官能を秘めた相聞歌（ラブソング）には妙に癒やされていた。

尊さと遠さは同じことだけど川べりに群生のオナモミ

これが最後と思わないまま来るだろう最後は　濡れてゆく石灯籠

すずかけの樹に風満ちて君になら言い得ることを言わずにいたり

おおもり・しずか　一九八九年岡山県生まれ。京都大学文学部卒業。二〇〇九年、「塔」短歌会および「京大短歌」入会。二〇一〇年、「硝子の駒」で第五十六回角川短歌賞受賞。二〇一四年、第一歌集『てのひらを燃やす』で現代歌人協会賞、日本歌人クラブ新人賞、現代歌人集会賞を受賞。

忘れずにいることだけを過去と呼ぶコットンに瓶の口を押しあて

怒りは人を守るだろうが　石鹸の吊り紐が夜の灯に揺れている

『てのひらを燃やす』

　これらの歌はいずれも、「観念＋具体的な情景（行動）」という構造で出来ている。こういう構造の歌は現代短歌全体でも多いが、大森の歌には特に顕著だ。抒情を最短距離でずばっと言葉にするよりも、ぼやけた核心と鮮明な周縁を提示しながら、時間をかけて感情をクリアにしてゆこうとするタイプである。そこが穏やかな読後感を与える要因となっているのだろう。

　しかしゆっくりと読み込んでゆけば、内に秘める情熱の激しさにも気が付く。光や闇、天体や自然物に託して官能を表現する手つきはきわめて鮮やかだ。

カーテンに遮光の重さ　くちづけを終えてくずれた
雲を見ている
キャンパスへ背丈を測りにゆく四月イチジクの果樹
撫でながらゆく
大学の北と南に住んでいて会っても会っても影絵の
ようだ
眠るひとの手首に指で輪をつくる窓辺に月の雨はこ
ぼれて
奪うには近くて　耳に細い雨　奪われるには遠すぎ
たこと
『てのひらを燃やす』

しっとりとした心地良い湿度を保った、大人っぽい恋歌だ。良質な恋愛小説のワンセンテンスを切り取ったようである。しかしずっとこれだけのテンションを保って書き上げた一篇の恋愛小説があったとしたら、情報量が濃すぎて読むのに疲弊してしまうだろう。それだけ、切り取った瞬間にたっぷりの膨張剤を与えてふくらませているのである。たとえば一首目。「カーテン」というモチーフが持っている、「室内にあるもの」「光を遮るもの」「外部からの視線を断ち切るもの」などといった複数の属性を、それぞれフル活用している。カーテンひとつで、人はここまでたくさんのものを語れるのだ。視覚情報である「遮光」に、触覚情報である「重さ」という感覚をぶつけるテクニックも卓抜している。そうすることによって、「明るいか暗いか」「軽いか重いか」という全く異なる価値基準がひとつの世界の中で融合し、立体的なイメージが立ち現れるのである。二次元が三次元になり、三次元が四次元になる。短歌は、言葉の運動だけで次元を超える力を持っている。時間とは単調に一秒ごと流れてゆくものではない。膨張したり収縮したり、ときに空間と一体化したりもする。そして時間感覚を自在に変化させる要因とは、「強烈な想い」にほかならない。たとえば恋のような。

大森の第一歌集『てのひらを燃やす』は新人の歌集に与えられる三大賞である現代歌人協会賞、日本歌人クラブ新人賞、現代歌人集会賞を全制覇し、史上初となる新人歌集賞三冠王となった。

大森静佳

『てのひらを燃やす』

カーテンに遮光の重さ　くちづけを終えてくずれた雲を見ている
尊さと遠さは同じことだけど川べりに群生のオナモミ
うすき胸を窓に押し当て君を待つあえなくまぶたへ海を呼びつつ
もみの木はきれいな棺になるということ　電飾を君と見に行く
レシートに冬の日付は記されて左から陽の射していた道
これは君を帰すための灯　靴紐をかがんで結ぶ背中を照らす
辻褄を合わせるように葉は落ちてわたしばかりが雨を気にする
光りつつ死ぬということひけらかし水族館に魚群が光る
返信を待ちながらゆく館内に朽ちた水車の西洋画あり
キャンパスへ背丈を測りにゆく四月イチジクの果樹撫でながらゆく
途切れない小雨のような喫茶店会おうとしなければ会えないのだと
これが最後と思わないまま来るだろう最後は　濡れてゆく石灯籠
とどまっていたかっただけ風の日の君の視界に身じろぎもせず
ふたりでは暮らしたことのなくて葉はかぎ編みに似た影を水辺に

大森静佳

バスタブに銀の鎖を落としつつ日々は平らに光って消える
夕空が鳥をしずかに吸うように君の言葉をいま聞いている
大学の北と南に住んでいて会っても会っても影絵のようだ
遠ざかるビニール傘の骨は透けもうしばらくは今日であること
レース越しに電線ぼやけその息が寝息に変わるまでを聴きおり
痩せぎすの馬がスプーンの柄に彫られ駆け出しそうなさびしさにいる
浴槽を磨いて今日がおとといやきのうのなかへ沈みゆくころ
忘れていい、わたしが覚えているからと霙の空を傘で突きゆく
しゃらしゃらと風に崩るる雪柳〈この川〉が〈あの川〉になりゆく
唇《くち》と唇合わすかなしみ知りてより春ふたつゆきぬ帆影のように
すずかけの樹に風満ちて君になら言い得ることを言わずにいたり
忘れずにいることだけを過去と呼ぶコットンに瓶の口を押しあて
しばらくは眼というぬるき水面に葉影映して君を待ちおり
ぺてん師のなみだのように「ぺてん師」に薄くふられており傍点は

大森静佳

あとがきのように寂しいひつじ雲見上げてきみのそばにいる夏
手花火を終えてバケツの重さかなもうこんなにも時間が重い
きみいなくなればあめでもひかるまちにさかなのようにくらすのだろう
眠るひとの手首に指で輪をつくる窓辺に月の雨はこぼれて
こんなにも架空のさびしさ散りばめて街とはつねに鳥の背景
約束はもっとも細きゆびでせり白詰草の辺の夕明かり
怒りは人を守るだろうが　石鹸の吊り紐が夜の灯に揺れている
逢うたびに均されている　みずからの空に差し込むつばさのふかさ
夕闇があなたの耳に彫る影をゆうやみのなかで忘れたかった
栞紐のさきをほぐしぬ一月の心に踏みとどまる名前あり
細雨がソーダブレッド湿らせて日々はひかりの縞とおもえり
声は舟　しかしいつかは沈めねばならぬから言葉ひたひた乗せる
奪ってもせいぜい言葉　心臓のようなあかるいオカリナを抱く
あなたの部屋の呼鈴を押すこの夕べ指は銃身のように反りつつ

大森静佳

楽器にゆび、そして椅子にはにんげんを置くんだ秋を引き止めるため
この世からどこへも行けぬひとといる水族館の床を踏みしめ
奪うには近くて　耳に細い雨　奪われるには遠すぎたこと
産むことも産まれることもぼやぼやと飴玉が尖ってゆくまでの刻
たくさんの窓を夜空にめぐらせてめぐりを遠ざかる観覧車
みずからの灯りを追って自転車は顔から闇へ吸われてゆけり
どこか遠くでわたしを濡らしていた雨がこの世へ移りこの世を濡らす
平泳ぎするとき胸にひらく火の、それはあなたに届かせぬ火の
ひらがなは漢字よりやや死に近い気がして雲の底のむらさき
どうかあの表情をもう一度して　昼月《ちゅうげつ》が羽根のように破れる

「わたしを禁じて」（『京大短歌』19号）

樹の枝で河の深さを確かめて、きちんと心を死ねるだろうか
感情の尾はキャラメルをざらつかせあなたが水をつかう音する

「吃音の花」（『京大短歌』20号）

冬の樹が散らす枝々、もうずっと花火より火だ　あなたさえ火だ
埠頭には冴えてくるしむ風がきてあなたを地上に深くとどめる

藪内亮輔
雪の最期は溺死か焼死

藪内亮輔は大学で和歌の講義を受けたことをきっかけに短歌を始め、「京都大学短歌会」に参加した。現代短歌を入口とする若手歌人が多いなか、貴重な出自である。さらに、専攻は数学。細胞生物学者である永田和宏や情報工学者である坂井修一らをはじめ、理系の歌人は意外と多いのだが、数学専攻はかなり珍しい部類であると思う。二〇一二年の角川短歌賞に応募した「花と雨」は、選考委員全員の最高点を集めて受賞した。おそらくは史上初の出来事だろう。

数学科出身の歌人というとなんだかロジカルな歌を作りそうなイメージがしてしまうが、そんなことはない。旧仮名のまま吐き捨てるような口語を使い、若々しい格好良さを放った歌を好んで作る。文語脈の歌に混じえて決め台詞のような口語をたまに見せられたとき、そのギャップについ魅了されてしまう。

やぶうち・りょうすけ　一九八九年京都府生まれ。「塔」編集委員、歌誌「率」所属。京都大学大学院理学研究科修士課程修了。専攻は数学。和歌の講義を受けたことをきっかけに「京大短歌会」入会。二〇一一年、「海蛇と珊瑚」で第五十七回角川短歌賞次席。二〇一二年、「花と雨」で第五十八回角川短歌賞受賞。

蝋燭のやうに坐つてゐる猫を（火は付けないぜ）よけてゆく旅

詩は遊び？　いやいや違ふ、かといつて夕焼けは美しいだけぢやあ駄目だ

「花の暗喩」（『京大短歌』18号）

枯れたからもう捨てたけど魔王つて名前をつけてゐた花だつた

花は殺して空はけがそうもうぼくに消えかかつてゐる愛のためにね

「魔王」（『京大短歌』19号）

実はこの文体は、前衛短歌の代表的歌人のひとり、岡井隆から影響を受けている。英詩の「ライトヴァース」（平易な言葉遣いの軽妙な詩）の方法論を短歌に輸入した岡井は、旧仮名のまま日常の出来事を口語で詠む試みを八〇年代半ばから続けている。〈つきの光に花梨《くわりん》が

青く垂れてゐる。ずるいなあ先に時が満ちてて（『ネフスキイ』）〉なんて、まさに日常の口調そのものなのに、不思議な格調のある口語短歌だ。この境地を、藪内も理想としているのだろう。また実験作にも意欲的に取り組んでいる。同人誌「率」3号に載せた「藪内亮輔展〜凡才でごめんなさい〜」は「会田誠展　天才でごめんなさい」のパロディ。「霊喰ヒM」という連作のタイトルは「レクイエム」のもじり。小題だけでも並々ならぬ才気が伝わってくる。藪内の実験作は奔放な口語旧仮名で悪意をポップに表現するのが特徴で、「俗」の魅力も知り尽くしたうえで短歌に取り組んでいる。

みんな死ねそしてゆたかによみがえる花を小さく胸
に咲かせろ
無化、し無化し　或るところに惡　じいさんと　汚
ばあさんが酢　んでゐました幸せ　「ラブ」（「率」5号）

なかゆびを立ててゆき降る窓をみるそのやうに愛し
てゐた何もかも
夕焼けがひろがり尽くすあの部屋で知つたね、愛は
愛を殺すと　「霊喰ヒM」

二〇一一年に発表した連作「愛について」は、原子炉に「あなた」と呼びかけ、原子力の理想を決して届かない愛に喩えるというものだ。これは岡井隆が原発事故発生後に原発擁護的な歌を作ったことへのカウンターで、岡井のレトリックを周到にコピーしながら、思想的には「反」の立場で真っ向からぶつかるというとてもロックな作品に仕上がっている。

致死量の愛、其れはすなはち一〇ベクレル、もちろ
んわれも死に至るなり
われらは原子炉の灯をともし黄色《わうしよく》の花さかさまに咲
かすひまはり　「愛について」

口語と格闘する先鋭的冒険者として、そして若き思想歌人として、藪内亮輔はこれから先さらに進化してゆくだろう。

藪内亮輔

むかしよりひと殺め来し火といふを付けたりうまく手懐けながら

子が親に似るといふこと原子炉が人類に肖《に》てゐるといふこと

あなたから全人類に配られる数マイクロシーベルトほどの愛

「愛について」

致死量の愛、其れはすなはち一〇ベクレル、もちろんわれも死に至るなり

ほそく降る月のひかりに照らされてあなたは青い鈍器のやうだ

われらは原子炉の灯をともし黄色《わうしよく》の花さかさまに咲かすひまはり

エピゴーネンと呼ばるる人とゐることのなだるるごとく朝霞降る

この歌は岡井すぎると言はれをりほの暗き花の暗喩のあたり

「花の暗喩」（『京大短歌』18号）

蝋燭のやうに坐つてゐる猫を（火は付けないぜ）よけてゆく旅

詩は遊び？いやいや違ふ、かといつて夕焼けは美しいだけぢやあ駄目だ

ゆふぐれがつよくなつてく頃合ひに既視感のごと花は咲くんだ

散りながら集ふことさへできるからすごい、心つていふ俗物は。

傘をさす一瞬ひとはうつむいて雪にあかるき街へ出でゆく

きらきらと波をはこんでゐた川がひかりを落とし橋をくぐりぬ

「花と雨」

藪内亮輔

鉄塔の向かうから来る雷雨かな民俗学の授業へ向かふ

話しはじめが静かなひととゐたりけりあさがほの裏《り》のあはきあをいろ

魂《たま》といふ凄き名前をもつてゐるやばい奴だぜ猫つていふは

うざいだろ?それでいいんだ蒼穹《おほぞら》にゆばりを流しこんでる。神も

おまへもおまへも皆殺してやると思ふとき鳥居のやうな夕暮れが来る

階段にZigzagに差すひかりありあいまいな態度のまま逢ひにゆく

あまり会ひに来てくれないと（ゆふぞらだ）つよくなんども叱責されて

雨はふる、降りながら降る　生きながら生きるやりかたを教へてください

雨、世界、雨、世界、雨、さうやつて見てゐるうちにすべては灰に

「Between, Between, Between」

枯草の数より多く秋の雨降るから君とそこに二人で

ゆびさきが触れあふくらき瞬間を虹は生まれて腐る何度も

噴水は無数のしろき傷を噴きリア充は死ねと本気でおもひき

咲き終はるまでを誰にも見られずにゐたんだね花。それが愛しい

「夕星」

アスファルトに複雑な雨　言葉など人など捨ててしまへればいい

藪内亮輔

浜逢《はまあひ》の記憶の水際《みぎは》まで寄りて雪をふらせよ蝶の代はりに
寄りながら暗き言葉をうちかはす我らの肌で焼死せよ雪「藪内亮輔展〜凡才でごめんなさい〜」(「率」3号)

好かれないあなたに好かれないれない春の雨ふる窓にもたれて
処女、賢者、処女、賢者、処女、ビニールの花を毟りて占ふわれは
TAISYUよ君らが麦のこころもて瑠璃色に照るTSUTAYAへゆく頃
眼のなかに眼1はあなたを見てゐるが眼2はあなたの背後の椿
コンヴィニに買つたペットボトルの水飲み切る音がレクイエムだと
暗やみにふればしばらく明るみて雪の最期は溺死か焼死「魔王」(『京大短歌』19号)

枯れたからもう捨てたけど魔王つて名前をつけてゐた花だつた
花は殺して空はけがそうもうぼくに消えかかつてゐる愛のためにね
自分のしりを自分で嗅げる犬はえらい誰がなんといはうと俺は褒めるぞ「ラブ」(「率」5号)

店員が適当に拭くテーブルのきらめきだよね。ラブ。あなたに。
無垢であることをゆるされてはならず薔薇には薔薇のきらめきがある
美しいあなたが美女と付き合つて　その日ぼくは川の蠅に美をみいだす

藪内亮輔

しかしだね憎み始めてからきみをはじめて見る桜のやうにみてゐる

みんな死ねそしてゆたかによみがえる花を小さく胸に咲かせろ

無化、し無化し　或るところに悪　じいさんと　汚ばあさんが酢　んでゐました幸せ

アルティメットチャラ男つて感じのきみだからヘイきみのなかきみだらけヘイ

大根で撲殺してやると思ひたち大根買つてきて煮てゐたり

一通の手紙が光りつつ燃える朝にして銀の傘をひらきつ

「霊喰ヒM」

遠い遠い過去のゆびさき　雨　光　林檎のなかに重力がある

ちみつななみだ、ちみつなこころをわすれずに。永遠に準備中の砂浜

還るべき秋をなぞつてあなたから二十日鼠はこぼれて燃える

なかゆびを立ててゆき降る窓をみるそのやうに愛してゐた何もかも

するどかつたね、一日一日《ひとひひとひ》が。そしてそのなかにまつすぐ降る春の陽が

夕焼けがひろがり尽くすあの部屋で知つたね、愛は愛を殺すと

夏雲は夏雲を率《ゐ》てしづかなり　愛はひとりにとどまるのかな

わりといい路上ライヴのかたすみで翼をととのふる街鴉

吉田隼人

亡霊は生者の海賊版《ブートレグ》

よしだ・はやと　一九八九年福島県生まれ。早稲田大学文化構想学部卒業、同大学院文学研究科フランス文学専攻博士課程在学中。中学時代に作歌を始め、二〇〇八年に「早稲田短歌会」入会。二〇一三年、「忘却のための試論」で第五十九回角川短歌賞受賞。「早稲田短歌」「率」に参加（退会）。二〇一五年、歌集『忘却のための詩論』を刊行。

早稲田短歌会出身の吉田隼人は、仏文学徒でもある。専門は二〇世紀フランス文学・思想で、特にジョルジュ・バタイユだそうだ。現代思想や現代文学理論をしっかりと通過して現代短歌へと導入している点で、きわめて貴重な存在である。私が最初に引きつけられた彼の作品は、「率」創刊号（二〇一二年）に発表された「Lolita-Complex-Complex」。「率」は学生短歌会出身者の中でもとりわけ実験的志向の強い歌人たちが集った同人誌で、毎号論作ともに充実したまさに「最先端」という感じの誌面を構築している。

蒼穹を硝子のごとくうち割りて真赤な腹の怪物がくる

すてねこの獰猛にふれ雨もふれ猫よりぼくが拾はれたきを

ドライヤに髪焦がしつつぼくの体臭《にほひ》ときみの匂ひが似通ひはじむ

びいだまを少女のへそに押当てて指に伝はるちひさき鼓動

息づきながら傷つきながらHeidegger 被害者も加害者も稚《わか》すぎて

「Lolita-Complex-Complex」

こういった退廃的美学にあふれる歌が、ジャック・ラカン『エクリ』のフランス語原文にときおり挟まれるかたちで表記される。さらに稲生平太郎の怪奇小説の一節や白居易の漢詩が引用されたかと思えば、裏ビデオ「関西援交四五　千春」や18禁ゲーム『さよならを教えて』の中の（衝撃的な）台詞、諏訪野しおりのロリータビデオ『君はキラリ　ＶＨＳ版』の惹句などといったとんでもないものまで引用される。短歌でこういう試みをすると、作者自身がロリータコンプレックス的傾向を持つと思われるのではないかと考えて躊躇してしまいそうだが、吉田は文学的教養を武器にそれを突破してみせた。その果てに生まれたものがまさにバタイユ的な退廃美の世界なのだから、この引用には揺らぎようのない説得力がある。クラシックな文体を鮮やかに使って退廃美を表現するというだけなら、塚本邦雄や春日井建に先例があった。しかし吉田隼人の場合、現代のアンダーグラウンドを混じえながらカオスな世界観を作り上げるという実験を成功させた。

　本格的なデビュー作となった二〇一三年の角川短歌賞受賞作「忘却のための試論」では恋人の自殺というショッキングな題材を一貫して理知的な文体で描き続けている。

まんじゆしやげ。それだけ告げて通話切るきみのこゑ早や忘れられてゐつ

感情のそとにふる雨　ぐみの木をゆするなりけり記憶の庭の

棺にさへ入れてしまへば死のときは交接《まぐは》ふときとおなじ体位で

いくたびか摑みし乳房うづもるるほど投げ入れよしらぎくのはな

喪、とふ字に眼のごときもの二つありわれを見てをり真夏真夜中

「忘却のための試論」

　恋人の死を前にしながら真っ先にセックスの記憶を反芻しているというのが、とても人間くさい。吉田隼人の短歌は一見難解そうに見えるかもしれないが、実はわかりやすいケレン味がある。サブカルチャーの味付けもあり、ハイファンタジーや伝奇物の要素を取り込んだライトノベルにも通じる痛快さがある。だから、単純に面白い。どんなに世界を構造化しようと、強靱な論理の力を持っていようと、どうしても手に触れることができない危険な裂け目が「人間」にはある。そこに指を差し入れるために、吉田は「性」をはじめとしたアンダーグラウンド的でアンチモラルなモチーフを好むのだろう。

吉田隼人

呼吸器のよわりてあれば身のうちにゆれているなり無数のうみゆり

「Lolita-Complex-Complex」（「率」1号）

くだものの経口摂取　チャイルド・ポルノ読むうちに日は暮れてしまひぬ　＊

蒼穹を硝子のごとくうち割りて真赤な腹の怪物がくる

キャロル忌のスカートゆるる、ゆふやけとゆふやみ分かつG線上に

きみはちゆうとストローを吸ふ　知恵の實の汁と知らねばもう一つ吸ふ

すてねこの獰猛にふれ雨もふれ猫よりぼくが拾はれたきを　＊

ドライヤに髪焦がしつつぼくの体臭《にほひ》ときみの匂ひが似通ひはじむ　＊

びいだまを少女のへそに押当てて指に伝はるちひさき鼓動

しゆーくりーむに汚れし指をほの紅き少女の頬になすりつけたり

逃走の速度みぞれの降る速度みぞれに髪の艶めく速度　＊

息づきながら傷つきながらHeidegger 被害者も加害者も稚《わか》すぎて　＊

気管支を夜気が刺すのでふかぶかと咳をしましたけもののやうに　＊「A Longsleeper's Elegy」（「率」3号）

抗不安薬が効かない。七色の闇の粒子の散り爆ぜる見ゆ　＊

過呼吸の不安きはまるわが胸郭《むね》にアマデウス鳴りやまざり、未明

吉田隼人

雪が降る《イル・ネージュ》　かくも空疎な例文をとなへてあれば口中さむし　＊

寒暖計みつめてあればひそやかにファーレンハイトの名に咲ける華　＊

人形義眼《ドール・アイ》なべて硝子と聞きしかばふるさと暗き花ざかりかな

「びいだまのなかの世界」（『早稲田短歌』42号）

岸辺にはねえさんだつた人がゐて真水でないと教へてくれる

はらつぱのかなたに銀の廃戦闘機《どらごん》がからいばりして坐つてゐたり

びんづめの少女の翅とかみのけは西陽まばゆき刻《とき》のあのいろ

人形にあるかなきかの乳ありて思想のごときもの徴《きざ》しくる

どの家《うち》もがらす戸棚に人形を隠し、かくしてゆふだちは来《き》ぬ

あめのひのひらかぬかさをがちやがちやとやつてゐたらば　撃つてしまつた

翅もたぬ少女らがみなひまはりの畑に睡《ねむ》るゆふあかねかな

ゆふ窓は少女を閉ざす解きかけの方程式をつくゑに残し

御社《おやしろ》に姉は鎖ざされ朝露のひとつひとつのなかの田園《ふるさと》

びいだまの眼玉欲れども人形《ドール》売る店なき町のまちびとわれは

古書ひとつ諦めたれば蒼穹をあぢさゐのあをあふるるばかり

「忘却のための試論」

吉田隼人

誰もが誰かを傷付けずにはゐられない季節がきます　傘の用意を

まんじゆしやげ。それだけ告げて通話切るきみのこゑ早や忘られてゐつ

みあぐれば硝子天井　自死のとききみを統ぶべき美学はなくて

感情のそとにふる雨　ぐみの木をゆするなりけり記憶の庭の

まなつあさぶろあがりてくれば曙光さすさなかはだかの感傷機械

死んでから訃報がとどくまでの間《かん》ぼくのなかではきみが死なない

棺にさへ入れてしまへば死のときは交接《まぐは》ふときとおなじ体位で

いくたびか摑みし乳房うづもるるほど投げ入れよしらぎくのはな

季節ごときみはほろびて梅雨明けの空はこころの闇より蒼し

夏空の高きよりなほ高きへと陽は昇り果て　僕を許すな

喪、とふ字に眼のごときもの二つありわれを見てをり真夏真夜中

はちぐわつのきみの触れたりきみはもう存在するとは別の仕方で

おしばなの栞のやうなきみの死に（嘘だ）何度もたちかへる夏

死者たちの年齢を追ひこしてゆく夏のにげみづ　誕生日おめでたう

吉田隼人

あをじろくあなたは透けて尖塔のさきに季節もまたひとつ死ぬ
からすうり、をとめごころと秋のそら　喉に詰まつたままのさよなら　＊
青駒のゆげ立つる冬さいはひのきはみとはつね夭折ならむ

「永遠《エテルニタス》、あるいは霊魂の架橋」（「率」6号）

薄幸はかくてうつくしオルガンの音しづけくも雪の聖堂　＊
わがこころほども脆くて橋頭《けうとう》堡《ほ》いま蒼き影ひきて暮れゆく　＊
わがうちに青髭《ジル・ドレ》侯の棲まふ夜を月の血しほは雪にしたたる　＊
終りなきワルツ黒色《シュバルツ》ひさかたのあめゆき霧《き》らふ宵すぎてなほ　＊
凪　ながきくろかみなべて引力のさるるがままの姉の立像　＊

「冥土—Maid—」（「率」7号）

西方へ天象めぐる　亡霊は生者の海賊版《ブートレグ》に過ぎねば　＊
霊魂の不滅いふとももはや主《ヌシ》ならぬ肢体の唯物少女《マテリアル・ガール》　＊
姉は背を、傷ひとつなき背をみせて血しほの海のさなかに立てり　＊
硝子片　あるいは冬の大気かとおもほゆ、事後のけだるさのなか　＊
びいだまに世界宿してラムネとはつね透きとほるたましひの比喩
夜明けから逃れきれずにわれのみが風に吹かれて立つ罪と罰　＊

（＊印は歌集『忘却のための試論』未収録作）

一九九〇年代生まれの歌人たち

井上法子
これは永遠でないほうの火

井上法子は福島県いわき市での高校時代から短歌の創作を始めており、進学により上京した後は早稲田短歌会に参加。さらに詩も執筆しており、『おもちゃ箱の午後』などの詩誌に寄稿。『現代詩手帖』の投稿欄にもたびたび登場する。詩と短歌の双方で、期待の新鋭として名をあげられている人材である。

二〇一三年の短歌研究新人賞次席に選ばれた「永遠でないほうの火」は、穂村弘に「口語における山中智恵子ぐらい行かないか」という強い期待の言葉を与えられている。山中智恵子は〈さくらばな陽に泡立つを目守《まも》りゐるこの冥き遊星に人と生れて（『みずかありなむ』）〉をはじめ、スケールの大きな発想で神話を創出するかのような歌を残した歌人だ。

この「神話の創出」という傾向は、井上の歌にも少なからずある。しかし井上の場合、創出されてゆく神話を前にして無力さを感じながら痛々しいほどの悲しみを表現しようとするような、ひとりの人間としての視点も失わない。

水に落ち水でしぬときすずなりの飛沫　弄ばないで生を

その森はきまぐれだから気にせずに愛されている島にお帰り

煮えたぎる鍋を見すえて　だいじょうぶ　これは永遠でないほうの火

できるだけ遠くへお行き、踏切でいつかの影も忘れずお呼び

「永遠でないほうの火」

「お帰り」「お行き」「お呼び」といった、小さなものに呼びかけているかのような口調が多用されるのが

いのうえ・のりこ　一九九〇年福島県いわき市生まれ。東京大学大学院博士課程在学中。高校時代より作歌を始め、明治大学文学部入学後に「早稲田短歌会」入会。二〇一三年、「永遠でないほうの火」で第五十六回短歌研究新人賞次席。詩誌『雛罌粟』などで詩人としても活動する。二〇一六年、第一歌集出版予定。

特徴的である。こういう文体は、これまでの口語短歌ではありそうで意外となかった。漫画やファンタジーに登場する、動物と会話できる少女とか怪物と戦闘する少女とかは、異族や異形に対してこれに似た口調で語りかけていたりすることがある。「異なるもの」との対話を図るときの、「巫女」「シャーマン」の文体ということなのかもしれない。こういうことを思ったのも、東日本大震災で被災したいわき市の水族館「アクアマリンふくしま」が飼育していた海洋生物たちを海に放ったときに、海へと帰ろうとする魚たちへ呼びかけていた言葉がぼくの胸を打って印象に残っていたからかもしれない。

山中智恵子は空や宇宙に対してイメージを広げ、幻想の鍵とした。井上にとっての鍵は「海」なのだろう。港町に育ったこととは、無関係ではないはずだ。

ふるさとはこの海のいろ　最果ての線路沿いには光るてのひら
いえそれは、信号、それは蜃気楼、季節をこばむ永久のまばたき
むり　いちど呼気を掬えばウミヘビがわたしの願いどおりに釣れて
車窓から航路がみえる　青いから痛むんだろうこの蜃気楼

「青の挨拶」（『早稲田短歌』42号）

「蜃気楼」や「航路」といったモチーフは現実のそれらを離れたファンタジーの香りもまとっている。だから、ここで描かれている「ふるさとの海」をいわきの海へと短絡することはできないかもしれない。しかし、埠頭に立って遠く海を見つめる、勇気に満ちた目の巫女というイメージをどうしても消し去ることができない。

井上法子の言葉は、自分たちの力ではどうしようもできない巨大な何かに対して向いている。他者に救いを求めるわけでも、言葉の矢で敵を射抜こうとしているわけでもない。にもかかわらずこんなにも胸を衝くフレーズを繰り出せるのは、誰もが抱えている実存の不安に真っ向から立ち向かう文体を選び取っているからだろう。

井上法子

どんなにか疲れただろうたましいを支えつづけてその観覧車

よくねむるわたしの花野、花野には罌粟の花びらほどけ散らして

眼裏に散らす暗号　うつくしい日にこそふかく眠るべきだよ

「スプリング・アンド・フォール」（『早稲田短歌』40号）

よくねむる病気になってさみしくて睦月おかえりなさい。花野へ

夜明けならなくてもいいよ夕映えの世界の路地をきみにさずけて

「ライト・パス」（『早稲田短歌』41号）

遠のいてゆく風船よおまえたちまぶしい楽章に飛んでゆけ

ふでばこに金平糖をたんと詰め　光路（会いにゆくのよ）光路

おしずかに。たとえ浜辺にとどいてもかなしみはひた隠す潮騒

魚たちこわくはないよひるがえす汚水をひかりだらけと云って

ふるさとはこの海の色　最果ての線路沿いには光るてのひら

「青の挨拶」（『早稲田短歌』42号）

幼さを手ばなす夏の燈籠にてのひらと書くてのひらを書く

夏の鍋なべて煮くずれ　面影はいつだってこわいんだ夏の鍋

浮かぶもの輝いてゆけ　線路から駅長がさししめす燈籠

うかんだりしずんだりしてさまよって手のなるほうへ霧笛を鳴らす

井上法子

いえそれは、信号、それは蜃気楼、季節をこばむ永久のまばたき
むり　いちど呼気を掬えばウミヘビがわたしの願いどおりに釣れて
月を洗えば月のにおいにさいなまれ夏のすべての雨うつくしい
新聞を閉じれば雨の記事ばかり浮かんでにがい春の叙情が
よく逃げる風景だから信号が光りっぱなし　　さびしい海だ
透明なせかいのまなこ疲れたら芽をつみなさい　わたしのでいい
押しつけるせかいではなくこれはただいとしいひとが置いてった傘
小雨との会話を終える　その町の鳥のさいごの射影をおもう
ほの青い切符を噛めばふるさとのつたないことばあそびせつない
聴覚を雨にとられてなつかしい彼らの声が煮こごる　青く
うみいろの煮こごりを食む　鈴が鳴る　もうすぐここがふるさとになる
車窓から航路がみえる　青いから痛むんだろうこの蜃気楼
鍋底に濃霧が満ちる　この海の挨拶として霧雨がふる
いつかこの形に慣れて霧雨を、きみを、せかいを羽織るのだろう

井上法子

風景がはかなく強く瞬いて　ことばはゆりかごになりますか
弥生尽　いとしいひととふるさとと青には青の挨拶がある
枕木を踏まずにあゆむ夜の路《みち》　こわがらないで　光る？　ちょっとね
雨は海、晴れは炎の子どもたち（みんなが耀いていてつらい）
水に落ち水でしぬときすずなりの飛沫　弄ばないで生を
かえろうか（帰るわけには）そこは森、そして知らない花の花畠《はなばた》
その森はきまぐれだから気にせずに愛されている島にお帰り
雲のない空に吐息の寄付ひとつ　近づけば逃げてゆくお前たち
運命にしだいにやさしくなりひとは災いとしてすべてをゆるす
研げば研ぐほど自分のほうが傷ついて氷のようにひかる未来は
くべられる木々をおもえば蘇生する心をそえて蓮を寝かせに
すぐ溶けるくらげのために夜を敷きこどものままでそこに居たこと
しののめに待ちびとが来るでもことばたらず　おいで　たりないままでいいから
ほっとした。影にも夜は訪れてくれる数多の灯《ひ》をひきつれて

「永遠でないほうの火」

井上法子

逆鱗にふれる　おまえのうろこならこわがらずとも触れていたいよ

もうこんな透明な傘ささないで、こころの真冬のやまいよこしな

煮えたぎる鍋を見すえて　だいじょうぶ　これは永遠でないほうの火

できるだけ遠くへお行き、踏切でいつかの影も忘れずお呼び

これまでのあかりを空に送りだし　陽炎　きっと憶えているわ

日々は泡　記憶はなつかしい炉にくべる薪　愛はたくさんの火

ふいに雨　そう、運命はつまずいて、翡翠のようにかみさまはひとり

激情をいつも拒んで責めないでぼくらに潮音《しおのね》があったこと

「かわせみのように」（『早稲田短歌』43号）

こころをみぞおちの舟に乗せひとはなぜ唄おうとする　悲しみばかり

てのひらを　これは水晶のパロール。さだめだらけでとても乗れない

サラダの中の豆腐くずれてまるでこれなんべんなんべんも消える川べり

水を汲むように炎を組みあげる　液体でないのだほんとうは海は

こころに酔ってわすれないでふるさとの湿度を　あの風景の死を

むばたまに照らされる藤　むらさきのほむらのごとくそよぐこのほし

小原奈実

こころささげて鳥の宴を

小原奈実は東京大学の「本郷短歌会」出身。歌歴は高校時代からで、二〇一〇年、十九歳のときに「あのあたり」で第五十六回角川短歌賞次席に入選した（受賞者は大森静佳）。学生短歌会出身者の同人誌「穀物」にも参加している。

この世代の歌人のなかでは珍しく、穂村弘をはじめとしたニューウェーブ短歌の洗礼を受けていない。影響を受けた歌人には葛原妙子や永井陽子を挙げている。文語脈を使いこなした、端正で洗練された写生の歌を得意とする。シャープで都会的な感覚を保持しながらも、叙景歌への志向が強い。そういう特徴から、古典的教養を重視するベテランの歌人たちからの評価を特に高く受けている。ニューウェーブ短歌にも同時期・同世代に水原紫苑、大塚寅彦、紀野恵といったような、和歌的文体を駆使して現代的な美意識を表現した歌人たちがいた。小原は現代短歌シーンのなかで、そのポジションに収まりうる存在として注目されている。

カーテンに鳥の影はやし速かりしのちつくづくと白きカーテン

仰向けに蝉さらされて六本の鉤爪ふかし天の心窩へ

てのひらのくぼみに沿ひしガラス器を落とせるわが手かたちうしなふ

「あのあたり」

しかし水原紫苑らと異なるところは、夢幻的感覚がほとんどみられないことだ。ブレなどの技法を使わず、常にピントがクリアに合った状態で撮影を続ける映像作品のような歌といったらいいだろうか。余計な心理描写は徹底的に排し、ただ視認できるものだけを正確に捉え、「鳥の影」という「動」と「白きカーテン」と

おばら・なみ　一九九一年東京都生まれ。東京大学医学部在学中。「本郷短歌会」「穀物」所属。二〇一〇年、「あのあたり」で第五十六回角川短歌賞次席。

いう「静」を巧みに対比させる鮮やかなビジュアルを提示する。蝉の死体を「六本の鉤爪」へとズームアップしたのちに、「天の心窩」（心窩とはみぞおちのこと）へとカメラアイを転換させてゆく器用さも併せ持つ。物体の把握がきわめて論理的である。塚本邦雄はかつて、平易な言葉で日常を歌う「ライトヴァース」へのカウンターとなりうる「ヘヴィヴァース」として坂井修一への期待を込めた歌を詠んだことがある。抽象的思考をビジュアライズして硬質な文体で詠もうとする小原は、坂井修一につながる「ヘヴィヴァース」の旗手となれる可能性を秘めている。

鉄橋とすすきまじはる川辺より四肢冷えきつて立ち上がりたり

銀杏ふる　舗道と空のさかひなくことばがこゑへ還りくるまで

「声と氷」（『本郷短歌』二号）

浜風にもろきともし火　まばたけば闇夜の海と空溺れあふ

意志寒くきみを離《か》れをり窓つたふ雨のけはひに身のとがるまで

「光の人」（『本郷短歌』四号）

人間関係や感情の濃厚さを描くことはあまりしない一方で、「鉄橋とすすき」「舗道と空のさかひ」「闇夜の海と空」というような、風景のなかに見え隠れする「境界線」にはきわめて敏感だ。しばしば「溶け合う」感覚に女性性を見出すという安易な批評が短歌にはみられるが、小原には「溶け合う」感覚はまるでみられない。むしろ「境界線を引く」感覚をもって、世界へ向けるカメラをアップデートする可能性をみている。そのため、自然物をモチーフとしていてもその詠みぶりはいたってロジカルであり、すっきりと意志の強い印象を受ける。

そんな小原が偏愛するモチーフは「鳥」である。何かの象徴としてではなく、純粋に生物としての鳥が大好きらしく、歌にもよく登場する。美意識の原型を、感情ではなく「鳥」そのものに観ているために、叙景志向が強いのかもしれない。

「あのあたり」

小原奈実

カーテンに鳥の影はやし速かりしのちつくづくと白きカーテン

わが過ぎし空間に陽がなだれこむ振り返らざる朝の坂道

仰向けに蝉さらされて六本の鉤爪ふかし天の心窩へ

水溜まりに空の色あり地の色ありはざまに暗き水の色あり

試験管の内壁くだる一滴の酸　はるかなる雲はうごかず

談笑のならびのままに座礁せり霧笛やさしき放課後の椅子

訃報　抱きとむるこころは天頂を発つ夕立の粒の加速度

剝かれたる梨のあかるさ身の内に蜜をとどむるちから満ちつつ

声あらば鋭きならむふち薄き陶器の碗は鳥の眼をせり

てのひらのくぼみに沿ひしガラス器を落とせるわが手かたちうしなふ

ほのひかる垂線ほそくふとくほそく秋雨に濡れはじめたるビル

雨の夜に渋滞あかく滲みおり無数の喉を漏るる低音

問題集に理系三人寄りあへば当てずつぽうにつくる世界史

ちひさなる指揮空中に振るひをり数式を解く友の左手

小原奈実

ゑんどうの花の奥処をまさぐりてメンデルは夜に手をすすぎしか

切り終へて包丁の刃の水平を見る眼の薄き水なみだちぬ

霜ふかしブロッコリーのあまたなる首のごときにわが歯ちかづく

別れしはあのあたりなり太陽の反対側にをりし夏の日

血球が血管掠る音などをしづかといへり二月まひるま

しんねうを書き納めゆく筆圧のつかのま強し卒業の日よ

鳥去りて花粉散りたる花の芯ながく呼吸をととのへてゐる

脚ほそく触れたる面《おもて》せきれいの重量ほどに砂緊りたり

「骨格」

胸郭の指孔ふたつ三つおさへ君の隣の風を受けをり

触るるなく見てゐしもののひとつにて海は合掌のごとく日暮れつ

奔流に渦ゆがみつつ朝川は素足さす陽を研ぎすましゐむ

おもかげを思ひさだめて待つ駅にすでにいくたりの影踏みて来し

陽をあはく負ふ猫柳　さし伸ぶるふたたびは手袋をはづして

遠ければひよどりのこゑ借りて呼ぶそらに降らざる雪ふかみゆく

「したたる」

小原奈実

空の唇《くち》享けたるごとき水紋のひらきつつゆくひとつあめんぼ

「蕊と顔」

室内の像の彩度をつよめゆく窓よカーテン引きて夜とせり

ほんたうにこの世は五月さへづりのそれぞれに聴く梢のたかさ

きみは椿と呼べど記憶の前景に蕊散りのこすこれは山茶花

「声と氷」（『本郷短歌』第二号）

樹下に餌《ゑ》を隠す鴉のゆふやみよ言葉かぶせてひとのゆふやみ

鉄橋とすすきまじはる川辺より四肢冷えきつて立ち上がりたり

凍結は水の端より　生別は会はむこころをうしなひてより

銀杏ふる　舗道と空のさかひなくことばがこゑへ還りくるまで

歳月の霧よりひとをかくまへる腔あり秋は咳がひびきて

「時を汲む」（『本郷短歌』第三号）

夕映も葉影も羽の上にては鷺のしろさとばかり見てゐつ

鳥を追ひそのまぶしさに眩むうち疎林のなかに眼を失ひぬ

雲の上の空深くあるゆふぐれにひとはみづからの時を汲む井戸

駿足のごとくレモンの香りたち闇のふかみへ闇退《すさ》りたり

「鳥の宴」（『穀物』創刊号）

くちなしの花錆びそめてゆふぐれか朝かわからぬごとき雨ふる

小原奈実

感ぜざるふるへに水が震へゐる卓上にこの夜を更かしたり
水槽に骨透くる魚透けながら魚は互ひを逐ふとき迅し
窓鎖して朴の花より位置高く眠れり都市に月わたる夜を
その羽に天ひるがへし身に享くる時間せまくはなきかつばめよ
時計草散りゆくさまを知らざればその実在をすこしうたがふ
特急の窓に凭るるまどろみはやがて筋《すぢ》なす雨に倚りゐき
灯さずにゐる室内に雷《らい》させば雷が彫りたる一瞬の壜
真の檻には格子なく錠もなく空地にほしいままのひるがほ
老いてわれは窓に仕へむ　鳥来なばこころささげて鳥の宴を
奔りきてもみぢつらぬく一瞬をひかりなりにしひとに問はばや
浜風にもろきともし火　まばたけば闇夜の海と空溺れあふ
枝の影をゆるやかに踏みたどりゆくあそびのはての幹ふかく嗅ぐ
つめたさよ　青磁のあをのみなもとと抱《いだ》かれて骨満つるからだと
冬鴉空のなかばを曲がりゆきひとときありてとほく来るこゑ

「光の人」（『本郷短歌』第四号）

ブックガイド

——そもそも歌人ってどんな人なんだ？

穂村弘『もうおうちへかえりましょう』（小学館）

穂村弘の第二エッセイ集。社会に順応できない苦悩を自虐芸にまで高めて、短歌なしでは生きられないタイプの人間を代弁してくれる。第一エッセイ集『世界音痴』と比べると短歌や本の話が多く、現代短歌の状況もちょっとだけわかる。

永田和宏『歌に私は泣くだらう　妻・河野裕子 闘病の十年』（新潮社）

「塔」元主宰である永田和宏のエッセイ。妻は戦後短歌の象徴的歌人・河野裕子。がんとの闘病の過程で精神も患っていった晩年の妻との生活を描き、ＮＨＫでドラマ化もされた。あらゆる苦悩を歌に残さずにいられない歌人の業がテーマとなっている。

小池光『街角の事物たち』（五柳書院）

現在は大御所となった歌人の若手時代のエッセイ。団地暮らしの日常を徹底的に分析し、現代短歌に「郊外」の視点を導入した冒頭のエッセイが卓抜。都市論は近代以降の短歌の重要な柱。歌人はこういうふうにものを考えるのだという参考になる。

——短歌を「読む」ってどういうことなんだろう?

安福望『食器と食パンとペン　わたしの好きな短歌』（キノブックス）
現代短歌にハマったイラストレーターが一日一首好きな歌を選びイメージイラストを描いていった。それをまとめたのがこの画集。歌を絵という別メディアに移すことで、そこにはどうしても個人の解釈や批評性が入る。それが一目でわかりやすくなっている一冊。

穂村弘『はじめての短歌』（成美堂出版）
ビジネスマン向けに開講された短歌ワークショップの講義録。穂村弘からすれば、いってみればアウェー戦。「よい短歌とは何か」という明確な評価軸が示され、きわめてわかりやすい本になっている。「近代短歌の楽しみ方」を指南する本という点では決定版だろう。

穂村弘『ぼくの短歌ノート』（講談社）
文芸誌「群像」の連載が元。短歌とは一般民衆の意識の集合体だと定義し、「コップとパック」「賞味期限」「ゼムクリップ」など、意表をつくようなモチーフで束ねた近現代短歌から時代を分析する。「短歌を読むとは時代を読むこと」というポリシーが爆発した一冊。

——歌会って何をするんだろう?

小林恭二『短歌パラダイス　歌合二十四番勝負』（岩波書店）
一九九六年の春に、二十人の歌人たちが熱海に集って歌合をした際の記録。穂村弘、東直子、吉川宏志らも参加しているが、いずれもまだ若手扱いされていた時期。この本を読めば、音楽やお笑いでのライブにあたるものが、短歌では歌会なのだということがわかる。

西加奈子・せきしろ『ダイオウイカは知らないでしょう』（マガジンハウス）
雑誌「anan」の連載が元。短歌初心者の小説家と放送作家がお題を出しあって短歌を作り、脱線しまくりながら互いの歌を語り合う。歌人、ミュージシャン、お笑い芸人などがゲスト参加することも。「ハイレベルな雑談」としての歌会の空気感がよく出ている。

――いろんな短歌に接するために

小高賢編『現代の歌人140』（新書館）
大正期から平成期まで百四十人の歌人を網羅したアンソロジー。齋藤史から斉藤斎藤あたりまで入っている。コンパクトにまとまっている本なので、好みの作風の歌人を探すためにちょうどいい。

『現代短歌最前線　上・下』（北溟社）
いわゆる「ニューウェーブ短歌」前後の世代の歌人たち二十一人の自選二百首を集めたアンソロジー。一九五五年生まれの渡辺松男から一九七〇年生まれの梅内美華子までが収録されている。

東直子・佐藤弓生・石川美南『怪談短歌入門　怖いお話、うたいましょう』（メディアファクトリー）
「怖い歌」だけをテーマに短歌投稿を募り、歌人が優秀作を評する企画の書籍化。怪談という性質上現実離れした設定になるのでリアリズム短歌の系譜から離れた現代短歌のあり方を表明した。佐藤弓生は「怖い短歌」から着想したショートストーリー集『うたう百物語』（メディアファクトリー）も執筆している。

穂村弘『短歌ください』（メディアファクトリー）
「ダ・ヴィンチ」連載の、穂村弘選の短歌コーナーの書籍化。「ダ・ヴィンチ」連載だからこそ投稿してくれたのだろう十代や二十代の若い投稿者の軽快な口語短歌が心地よく、次世代の現代短歌が胎動する重要な場となっている。近年の穂村弘の立ち位置は、かつて「若者の教祖」だった寺山修司を思い起こさせる。

幻戯書房編『トリビュート百人一首』（幻戯書房）
小倉百人一首の和歌を現代の歌人百人が「新訳」するという本。とはいってもいわゆる「現代語訳」ではない。冒頭を飾るのは前衛短歌の旗手・岡井隆であるが、天智天皇の歌を自らのヘルニア手術の歌に引きつけている。それをはじめあらゆる歌人が百人一首を題材にやりたい放題のアレンジを加えまくる。メンバーが豪華で、現代短歌の代表的な名前がずらっと入ってます。

あとがき

歌人としてデビューできたときのコメントで、確かこういうことを書いた。「これからは、僕が短歌に恩返しをしていく番です」。恩返しになるかどうかはわからないけれど、いぶされた刃先のような言葉をリアルタイムで綴っている若い歌人たちの名を世間にもっと知らしめたいというのは、ずっと思っていたことでした。その願いをかたちにしてくれた、左右社の東辻浩太郎さまには心から感謝の一言です。原稿を散々待たせたお詫びもしないといけないので、一言で済ませるわけにはいかないのですが。

そして最近は「恩返しをしたい」ではなく、「短歌を変えてやりたい」って思ってます。真剣に。短歌が少数の人にしか読まれないって、どう考えてもおかしいじゃないですか。だって商業出版される小説の九割は、自費出版の歌集よりつまんないですよ。ぼくは本気でそう思っていますから。

心が死んで短歌にしか反応できなくなっていた二十代半ばから、ヒップホップが聴けるようになるくらいにまで心が回復した三十過ぎまで。この本はその期間に出会って何となく気に入った歌人たちを四十人セレクトして、紹介文を添えてささやかな現代短歌アンソロジーとしたものです。なお、歌集原文に付してある詞書等はスペースの都合上割愛いたしました。ぼくがブログで書いていた「現代歌人ファイル」のフォーマットを踏襲していますが、内容は全て書き下ろしです。評論集というよりは、平成の現代にこんな歌人たちがいますよ、というガイドブックとして使ってもらえたら嬉しいです。歌人のセレクトは苦しみました。良い歌人は四十人なんかじゃとても収まらなくて泣く泣く入れられなかった人は数知れず。ぜひとも取り上げたかったけれど、収録を固辞された方もいました。コンテンポラリーな短歌は、これだけでは語り尽くせるものではないということは確かです。

基準としましては、全員一九七〇年以降の生まれです。短歌の世界では一応若手に属している人たちです(最近若手がたくさん増えてきて「若手」の基準値がかなり下がってきてるんですけどね)。この四十人以外にも面白いBorn after 1970歌人はたくさんいますので、興味を持たれた方はさらにいろいろ読んでみてほしいです。その入り口になってくれれば本望です。もう一つの基準は、時代への批評意識があること。ロック・スピリットを持っていること。ハイ・カルチャーとしての短歌に安穏としないで、何らかの権威に対しての「ノー」の突き付けがあること。現代日本文化のエッジとして力を発揮している歌人たちを、揃えてみたつもりです。

二十一世紀は短歌が勝ちます。この本で選んだ四十人がきっと、九八年のワールドカップ日本代表みたいになりますよ。

山田航　やまだ・わたる

歌人。一九八三年生まれ。
札幌に育ち、札幌に住む。
歌集に『さよならバグ・チルドレン』
『水に沈む羊』がある。

桜前線開架宣言

Born after 1970　現代短歌日本代表

二〇一五年十二月二十五日　第一刷発行
二〇二四年十二月三十日　第六刷発行

編著者　山田航
発行者　小柳学
発行所　株式会社左右社
東京都渋谷区千駄ヶ谷三―五五―一二―B1
Tel. 〇三―五七八六―六〇三〇
Fax. 〇三―五七八六―六〇三二
https://www.sayusha.com

装幀　松田行正＋杉本聖士
印刷・製本　中央精版印刷株式会社

ISBN978-4-86528-133-0